gelesen 1/18

an Thilde 27/8/20

retour 8/10/20

Kommt eh der Komet

an Erich geschenkt
1/21

Satz: Fotosatz Rizner, Salzburg
Printed in Austria by Wiener Verlag, Himberg
ISBN 3-7017-0931-9

PETER HENISCH

Kommt eh der Komet

EINE ERZÄHLUNG

Residenz Verlag

Meine G'schicht ist nicht so lang,
aber äußerst tragisch.

NESTROY

Lumpazivagabundus
Erster Aufzug, sechster Auftritt

Wie die Geschichte beginnt

1

Sie treffen sich unterwegs. Die Situation ist bekannt.

Kurze freie Gegend, heißt es in der Regieangabe, die Landstraße vorstellend.

Es soll eine Bank dort geben. Oder war es ein Baum?

Lassen wir die Bank im Vordergrund stehen, den Baum etwas im Hintergrund.

Zeiten und Namen ändern sich, gewisse Konstellationen neigen dazu, sich zu wiederholen.

Leim, dann Knieriem, dann Zwirn. Ich nenne sie Scheck, Glasl und Kuli.

Der Himmel ist rot von der untergehenden Sonne und den Abgasen.

In der Luft vibriert der Lärm von der allgegenwärtigen Autobahn.

Bei Nestroy beginnt die Geschichte der drei in Ulm.

Genaugenommen beginnt sie im Feenreich.

Aber das Feenreich, schon damals recht ramponiert, ist inzwischen untergegangen.

LUMPAZI wäre der einzige Überlebende.

Lumpazivagabundus, ein böser Geist, heißt es bei Nestroy.

Wenn der Name das Wesen ausdrückt, so muß auch er jetzt anders heißen.

LumpaziMORIBUNDUS. Ein freier Geist. Ein freischwebender Geist.

Geist im Untergrund. Geist ohne Unterstand. Geist im Exil.

Doch von ihm soll nicht mehr die Rede sein.

Nur von jenen, über die er gekommen ist.

Von denen er Besitz ergriffen hat, wie das Geister so tun.

Man glaubt zum Beispiel, man kommt zufällig an einen Ort, aber es ist der Geist, der einen dort hintreibt.

Auf diese Weise sind wir auf einmal in Ulm.

Oder um Ulm.

Oder auch um Ulm herum.

Wie wärs mit einem Parkplatz in der Nähe der Autobahnanschlußstelle Ulm-Ost.

Eine grüne Metallbank, daneben ein Abfalleimer, daneben ein Hinweisschild mit der Aufschrift WC, RASTHAUS, 600 METER.

Vorläufig bleibt diese Bank allerdings noch leer. Scheck, der als erster auftreten soll, sitzt oben im Rasthaus. Der Staubsaugervertreter, der ihn bis dorthin mitgenommen hat, hat ihn auf einen Kaffee eingeladen. Wissen Sie, sagt er, vor ungefähr einem Vierteljahrhundert bin ich nämlich auch Autostopp gefahren.

So, sagt Scheck. Er sieht aus, wie einer, der, zwei bis drei Jahrzehnte zu spät, den Hippie spielen möchte. Halblange Haare. Stirnband. Buntes Gilet. Auf dem Seesack, den er neben sich hingestellt hat, allerlei längst verwelkte Slogans und Parolen. *We shall overcome. Make love not war. Unter den Pflastersteinen liegt der Strand.*

Ja, sagt der Staubsaugervertreter, das waren noch Zeiten! Warum, fragt sich Scheck, bin ich bloß nicht früher zur Welt gekommen? Im Gesicht sieht er aus wie ein Vorzugsschüler, darüber kann der blonde, flaumige Bart, den er sich seit ein paar Tagen stehen läßt, noch nicht hinwegtäuschen. Statt des Ohrrings, den er nicht tragen kann, weil das vor knapp zwei Wochen durchstochene, linke Ohrläppchen eitert, trägt er ein täglich erneuertes, rosa Heftpflaster.

Wenn Sie nach Frankfurt wollen und aus Wien kommen, sagt der Staubsaugervertreter, machen Sie aber einen Umweg. Scheck weiß das. Er hätte ab München gleich Richtung Nürnberg fahren sollen. Heutzutage, sagt er, ist es halt nicht mehr so einfach mit dem Trampen. Man muß die Lifts nehmen, die man kriegt, sonst bleibt man überhaupt auf der Strecke.

Stimmt, sagt der Staubsaugervertreter. Das ist übrigens nicht nur beim Autostoppen so. Aber ich tu mir das ja nicht mehr lang an, sagt Scheck, in Frankfurt steig ich ins Flugzeug. Ach so, sagt der Staubsaugervertreter. Das ist etwas anderes. Ja, sagt Scheck lächelnd. Ich fliege nämlich nach Indien.

Da geht es Ihnen allerdings gut, sagt der Staubsaugervertreter.

Ein Billigflug.

Trotzdem, sagt der Staubsaugervertreter. So weit bin ich nie gekommen.

Er ist schon in Persien gewesen. Alles per Autostopp wohlgemerkt. Aber dann hat es den Putsch in Afghanistan gegeben, man hat die Grenzen dicht gemacht, und er hat zurück müssen.

Jetzt pendelt er nur mehr zwischen den Ländern Bayern und Baden-Württemberg. Die Grenze verläuft übrigens genau hier, durch die Gaststube der Raststätte. Sehen Sie nur dort drüben, den Strich an der Wand. Sie trinken Ihren Kaffee schon in Baden-Württemberg, während ich mit meiner Schale noch immer in Bayern sitze.

Dann zahlt der Staubsaugervertreter und wünscht Scheck viel Glück.

Er fährt nach Langenau, zwei Kilometer von hier.

Ich glaube nicht, sagt Scheck, daß ich heute noch sehr weit komme. Aber mein Flugzeug fliegt erst übermorgen. Vielleicht ist es das beste, wenn ich über Nacht in Ulm bleibe.

Ja, tun Sie das, sagt der Staubsaugervertreter, Ulm ist eine schöne Stadt. Sehen Sie, sagt er draußen, da unten, einen halben Kilometer entfernt, ist ein sogenannter P & M-Parkplatz. Parken & Mitfahren. Das ist zwar keine autostopperfreundliche, sondern eine ökonomisch-ökologische Idee. Aber wenn ich an Ihrer Stelle wäre und nach Ulm hinein wollte, würde ich es von dort aus versuchen.

So kommt also Scheck die Autobahnauffahrt herunter. Und nimmt Platz auf der Bank, die da steht, als wäre sie für ihn hingestellt. Einige Autos fahren zu und wieder ab, er unternimmt nichts Besonderes, um mitgenommen zu werden. Klar. Er wartet auf seine Kumpane. Obwohl er noch nicht weiß, daß es seine Kumpane sind.

Glasl und Kuli. Seine Schicksalsgenossen. Die es genau wie ihn akkurat hierher zieht. Wie es schon

Leim, Knieriem und Zwirn akkurat hierher gezogen hat. Jene drei sind die Vorgänger, diese die Nachfahren.

Ob Glasl auch per Autostopp kommt, ist allerdings die Frage. Vielleicht hat ihn einer von den Fernfahrern mitgenommen, die manchmal oben, in der Raststätte SELIGWEILER, übernachten. Einer, der sehr müde war und jemanden gebraucht hat, der mit ihm redet, egal wen. Anderseits sieht Glasl so aus, als ob er schon seit Jahrhunderten zu Fuß ginge.

Sein Aufzug ist ein längst aus der Mode gekommener Anzug, den ihm wahrscheinlich eine mitleidige Seele geschenkt hat. Ärmel und Hosenbeine sind viel zu kurz, der oberste Knopf der Hose steht offen über dem aufgeschwemmten Bauch. Seine Gesichtsfarbe ist rotbraun, um Nase, Mund und Wangen ein bißchen blau, unter der Haut wirkt er gefährlich blaß. Die Bartstoppeln sind weiß. Streicht er darüber, so muß es sich anfühlen wie ein Reibeisen.

Der Knieriem bei Nestroy singt ein Auftrittscouplet.

Es wäre also angemessen, Glasl auch eines singen zu lassen.

Das ist gar nicht unrealistisch. Alkoholiker neigen bekanntlich zu Selbstgesprächen.

Selbstverständlich klänge es wie ein Blues. So jemand wie Glasl hat ein natürliches Bluesfeeling.

Daß es spät geworden ist, könnte er singen, nämlich *ordentlich* (er meint reichlich) *spät* –

am Himmel, könnte er singen, mit einer Stimme, die, obwohl er sie ständig ölt, extrem rauh ist, *am Himmel steht zwar noch kein Komet –*

aber mein Alkoholspiegel steht
schon fast auf dem Nullpunkt
waßt was des haßt –?
An Schas waßt –

(was so viel heißt wie: Einen Furz weißt du: seine Sprache käme aus den tiefsten Tiefen des Volkstümlichen)

an Schas waßt.

...

Wenn dir die Händ ins Zittern anfangen
(wenn dir die Hände zu zittern beginnen)
wie a Rehrattlerschwaf

(wie der Schweif eines Rehrattlers, der bekanntlich ein ständig erbärmlich zitternder, winziger Hund ist),

dann stehst auf der Saf
(dann stehst du auf der Seife)
verstehst,
dann stehst auf der Saf –
Und rutschst aus und fallst um,
wennsd net bald
ein Beisl findst
das dich aufrecht halt,
und rutschst aus und fallst um,
wennsd net bald
ein Beisl findst
das dich aufrecht halt.

So Glasl. Nicht unbedingt zu Scheck, den er, obwohl er ihn schon gesehen haben muß, vorerst gar nicht beachtet, sondern zur Welt.

Sodaß sich Scheck etwas einfallen lassen muß, will er in seiner Individualität wahrgenommen werden.

Zum Beispiel das: Also wenn du mich fragst – auf die Seife steigen mußt du nicht, um auszurutschen und umzufallen.

Zumindest das Umfallen, sagt er, wirst du auch so schaffen.

Ah ja? sagt Glasl. Und wieso, Herr Obergscheiter?

Dein Schuhband, sagt Scheck. Dir ist dein Schuhbandl aufgegangen.

Glasl bleibt stehen und schaut an sich hinunter.

Sein Schuhbandl ist nicht aufgegangen, sagt er, sondern er hat es aufgeschnürt.

Aha. Und warum?

Er hat sein Schuhbandl aufgeschnürt, weil…

(Schwer und geruchsintensiv läßt er sich auf die Bank neben Scheck fallen –

Scheck rückt ein Stückchen zur Seite, aber das nützt nichts –)

Er hat sein Schuhbandl aufgeschnürt, weil ihm vor ein paar Kilometern ein Stein in den Schuh gekommen ist, sagt Glasl.

Hat er ihn rausgenommen?

Nein, aber dafür wird er ihn *jetzt gleich* rausnehmen.

Ihm ist vor ein paar Kilometern ein Stein in den Schuh gekommen, und dann hat er das Schuhband aufgeschnürt, aber herausnehmen will er den Stein erst jetzt?

Ja. Was gehts Scheck an? In Glasls Alter muß man sich den Energieverbrauch schon ein bißchen einteilen. *Dort* hat er sich gebückt, *hier* kann er sich niedersetzen. Und außerdem (er streckt sein Bein aus), außerdem trifft er hier einen, der ihm vielleicht ein bißchen beisteht.

Beim Schuhausziehen?

Ja. Alsdann hilf mir schon!

Aber nur, weil es du bist, sagt Scheck. Du kommst mir so bekannt vor.

Klar, sagt Glasl. Du bist also wieder da.

Ho ruck, sagt Scheck.

Ich freu mich, dich wiederzusehen, sagt Glasl.

Scheck weiß nicht recht, was der meint. Aber jetzt ist kaum der Augenblick, darüber nachzudenken.

Er zieht an Glasls Schuh, aber wenn sich der nicht dagegenstemmt, ist alle Anstrengung vergebens.

So tu doch was!

Scheck kommt allmählich ins Schwitzen.

Also wenn du nicht halbwegs mithilfst, sagt er, wirst du nie aus dem Schuh rauskommen!

Wer weiß, sagt da Glasl, zahlt es sich überhaupt noch aus.

Was soll denn das wieder heißen?

Kommt eh der Komet!

Na schön, dann halt nicht! – Scheck läßt los, schiebt den Schuh mit dem Fuß beleidigt beiseite.

Für den Rest der Menschheit ist es wahrscheinlich ohnehin besser, wenn Glasl seinen Schuh anläßt.

Ich mein, sagt Glasl, wenn ich jetzt schon so weit gegangen bin mit dem Stein im Schuh...

Er hat sich direkt schon an den Stein gewöhnt.

Bald haben wirs hinter uns, der Stein und ich...

Das Steinchen, sagt er.

Weil – wenn eh der Komet kommt...

In diesem Moment erscheint Kuli. Durch ihren Dialog abgelenkt, haben die beiden anderen seine Annäherung gar nicht bemerkt. Jetzt ist er auf einmal da. Zweifellos eine Erscheinung. Zwar wird die vitale Dichte seines Haupthaars, auf die er früher stolz war, immer ärger vom Wind verblasen. Aber zum Ausgleich dafür kann man die Haare auf seiner tief decolletierten Brust bewundern.

Obwohl ihm das immer schwerer fällt, versucht er, den Eindruck eines feschen Menschen zu machen. Seine Lederjeans sind eng, aber an gewissen Stellen soll man das auch besonders bemerken. Er zeigt sich am liebsten im Profil, weil er manchmal das Gefühl hat, daß sein Gesicht zu rund ist. Aber schließlich hat auch Jim Morrison ein zu rundes Gesicht gehabt.

Wohl wäre der Augenblick für ein Auftrittscouplet schon vorbei.

Und außerdem läßt es sich bei ihm nicht so leicht realistisch motivieren wie bei Glasl.

Aber gesetzt den Fall, sein Wesen käme trotzdem musikalisch zum Schwingen –

Also dann könnte er ungefähr folgendes singen:

Wirklich wahr, es ist schon spät,
was jetzt nett wär, wär ein Bett,
aber womöglich kein Einzelbett,
ein Doppelbett wäre doppelt nett.

Ein Bett wär ganz in meinem Sinn,
ein Bett mit einer Frau darin,
im Grund egal mit welcher Frau,
weil in der Nacht sind alle Katzen grau.

Scheck und Glasl applaudieren nur schwach.

Na, sagt Kuli. Was seids denn ihr für zwei Typen?

Bis vor kurzem bin ich in einer Bank gesessen, sagt Scheck, aber jetzt bin ich unterwegs nach Indien.

Vor langer Zeit war ich ein Schuster, sagt Glasl, aber jetzt bin ich ein Astronom.

Das muß aber schon vor sehr langer Zeit gewesen sein, sagt Kuli, daß du ein Schuster warst!

Wieso? fragt Glasl.

Na, bei solchen Schuhen! sagt Kuli.

Paß auf, was du sagst, sagt Glasl. Über diese Schuh laß ich nix kommen!

Die sind ihm ans Herz – jedenfalls beinah an die Füß – gewachsen.

Kann ich mir lebhaft vorstellen, sagt Kuli. Übrigens hast du ein Schuhband offen!

Weiß ich, knurrt Glasl. Na und? Darf ich nicht mein Schuhbandl offen lassen, so lang ich will?

Das trägt man jetzt stark, sagt Scheck.

Ach so? Vielleicht aus Protest?

Protest hat er nicht nötig, sagt Glasl. Wenn er was tut oder läßt, dann tut oder läßt er es aus Prinzip.

Kuli setzt sich. Man rückt. – Du läßt also aus Prinzip dein Schuhband offen?

Genau.

Das findet Kuli originell.

So originell findet er das, daß er auf der Stelle ein Notizbuch aus der Jackentasche zieht.

Und einen Kugelschreiber. Das muß er sich aufschreiben.

Warum mußt du dir das aufschreiben?

Naja, sagt er, das ist so eine Manie von ihm.

(Der Mann hat, so scheint es, nicht *nur* sexuelle Obsessionen.)

Das hat er schon ewig lang. Schon seit seiner Schulzeit.

Kaum hat er schreiben gelernt, war sein Bedürfnis, sich alles mögliche und unmögliche aufzuschreiben, schon unwiderstehlich.

Und wozu, fragt Scheck, wozu schreibst du dir das alles auf?

Ich weiß nicht, sagt Kuli. Vielleicht, um was festzuhalten.

Außerdem, sagt er, hält er sich auf diese Weise selber fest.

Es ist ganze erstaunlich, was einem so ein Kuli manchmal für einen Halt gibt.

Und was wird dann am End mit den ganzen Notizen?

Am End wird vielleicht einmal ein großer Roman draus.

Das muß aber ein dicker Wälzer werden, wenn du dir schon seit deiner Schulzeit Notizen dafür machst!

Ein Jahrhundertroman, sagt Kuli. Ich muß mich nur einmal richtig hinsetzen und ihn schreiben.

Naja, sagt Glasl – das mußt du dann aber bald tun.

Warum? Wieso?

Weil übers Jahr der Komet kommt!

Welcher Komet? fragt Kuli.

Welcher Komet! alteriert sich Glasl. – Der ultimative Komet! Der wo die Welt zugrunde richtet!

Es ist also sehr zweifelhaft, ob sich das mit Kulis Roman noch auszahlt. Selbst wenn er ihn fertigbringt –: Wer soll ihn lesen?

Das, sagt Kuli, ist mit oder ohne Komet die Frage. – Aber woher hast du überhaupt den Blödsinn mit dem Kometen?

Von einem Experten, sagt Glasl.

Und was ist das für ein Experte?

Er weilt hier ganz in der Nähe.

Wo?

Er sitzt vor deiner Nase.

Du?

In Person, sagt Glasl. Ich mach nämlich immer meine Beobachtungen, wenn ich aus den Beisln rausflieg in der Nacht.

Na, dann bin ich ja beruhigt, sagt Scheck. Ich hab schon geglaubt, es ist was Ernstes.

Machts euch nur lustig über mich, sagt Glasl,

ihr werdets schon sehn! Wenn euch der Komet auf die Schädeln fällt, vergeht euch das Lachen!

Kann schon sein, sagt Scheck. Aber bis dahin haben wir ja, wenn ich recht verstanden hab, noch ein Jahr Zeit. Und ob die Welt in näherer oder fernerer Zeit untergeht oder nicht, das ändert nichts an seinem sehr gegenwärtigen Hunger.

Na schön. An Glasls sehr gegenwärtigem Durst ändert es offenbar auch nichts. – Das ist ein enormer Durst! Kannst du mich ausnahmsweise einladen?

Meinetwegen, sagt Scheck. Aber nur, weil es du bist.

Weißt du, sagt er zu Kuli, er kommt mir so bekannt vor.

Der nickt. Na klar! Ich komm dir doch hoffentlich auch bekannt vor.

Ich weiß nicht recht, sagt Scheck. Es muß schon sehr lange her sein ...

Wie mans nimmt, sagt Kuli. Nichts gegen die Ewigkeit.

So schau mich doch an! – Na also! – Wir müssen dieses Wiedersehen feiern!

2

Daß sie in die Stadt marschieren und drinnen ihr Glück probieren wollen, singen die drei bei Nestroy.

Scheck, Glasl und Kuli scheint auch nichts anderes übrig zu bleiben.

Bis jetzt hat sie jedenfalls niemand mitgenommen.

ULM, 6 KM – wenn sie gut zu Fuß sind, können sie es in fünf Viertelstunden schaffen.

Oder sie nehmen, nachdem sie das Stück bis zur nächsten Haltestelle gegangen sind, den Bus.

Für 2 Mark 10 kann man bis ins Zentrum fahren.

Ja, der städtische Bus wäre anzuraten.

Da können sie gleich den Chauffeur nach einem für sie geeigneten Lokal fragen.

Ein für euch geeignetes Lokal? würde der Chauffeur sagen, mit unverhohlener Skepsis sein Haupt wiegend. Also im FISCHERVIERTEL gibt es jede Menge Lokale, aber ich weiß nicht, ob ein für euch geeignetes Lokal dabei ist. Die meisten davon sind euch vermutlich zu teuer. Und aus einigen würdet ihr wahrscheinlich, kaum daß ihr eingetreten seid, schon wieder rausfliegen.

Na, na, würde sich da ein jüngerer Mensch, von einem Buch (!) aufblickend, also möglicherweise ein Student, einmischen, so kleinkariert ist dieses Ulm nun denn aber auch nicht. Doch, doch, wir haben hier eine ganz nette Szene. Versucht es einmal mit der ZILL, würde er sagen, oder mit dem

WILDEN MANN. Das sind Kneipen, die euch gefallen werden, und die Leute dort sind schwer in Ordnung.

Verwandlung also. Ungefähr eine halbe Stunde später in der ZILL:

Dunkle Täfelung, rohe Holztische, tiefhängende, straßenlaternenartige Lampen werfen recht anheimelnde Lichtkegel –

Darunter lange und kurze Haare, Glatzen aller Art, Stirnbänder, Piratentücher –

So was wie eine Arche Noah der multikulturellen Gesellschaft.

Noah, der Wirt – grauer Schnauzbart mit einer vertrauenserweckend väterlichen Wampe unter dem grobgestrickten Pullover –

Die töchterliche Kellnerin, flachsblond, kaugummikauend, bahnt sich ihren Weg mit einem diesbezüglich erstaunlich effizienten Hüftschwung –

Menschengewimmel, Stimmengewirr. Da und dort ist vom seit mehreren Ziehungen übervollen Jackpot des Lottos 6 aus 45 die Rede –

Dichte Rauch- & Musikschwaden. Mittendrin Albert Einstein, Johannes Kepler seine besondere und seine allgemeine Relativitätstheorie erklärend.

Glasl, gut und gern in der Spur Knieriems, bestellt eine halbe Gmischts.

Dem Tischler Leim wären zum Bier Nierndln auf egal welche Art (und sei es mit Sägespänen) recht gewesen.

Sein Nachfahr Scheck, des tischlerischen Appetits entwöhnt, bevorzugt sowohl Antialkoholisches als auch Vegetarisches.

Und Kuli? Was bestellt Kuli? – Kuli kann sich nicht entschließen.

Er ist nämlich, sagt er zur Kellnerin, völlig verwirrt.

So wie Sie gehen, so wie Sie sich bewegen – entschuldigen Sie, aber es ist nicht meine Art, in erotischen Dingen um den Brei herumzureden – also Sie wissen gar nicht, wie sehr Sie mich erregen.

Was du nicht sagst, sagt die Kellnerin. Vielleicht sollte er also etwas Beruhigendes zu sich nehmen.

Sie würde eine Teemischung aus Schafgarben und Johanniskraut mit einem Schuß Baldriantropfen empfehlen.

Nein danke, sagt Kuli. Da nimmt er lieber einen Schnaps.

Dornkaat, Enzian, Barack, Himbeergeist?

Apropos Himbeergeist, sagt er, ich bin so wild nach deinem Erdbeermund!

Na schön, sagt sie. Wird sie ihm eben einen Magenbitter bringen.

Und schwingt ihre Hüfte, trotz der extremen Bevölkerungsdichte im Lokal, um 180 Grad.

Und *er* blickt ihr nach. Mit völlig phallischen Stielaugen.

Und schnuppert ihr nach. Mit geblähten Nasenflügeln.

Und dann holt er ganz tief Luft. Eine Wucht von einer Frau! sagt er.

Naja, sagt Glasl. Ein bissel flach ist sie halt geraten.

Ach was! sagt Kuli. Davon verstehst du offenbar gar nichts! – Hast du nicht gesehen, wie sie schaut? Hast du nicht gehört, wie sie redet? Trotz aller scheinbaren Abweisung appellierend!? – Hast du keine Witterung dafür, was für einen absolut aphrodisischen Duft diese Frau ausströmt?

Glasl ist nicht überzeugt. Zu *seiner* Zeit, sagt er, waren die Frauen halt noch solid gebaut. Er meint: Wenn man *die* angefaßt hat, dann hat man was in der Hand gehabt.

Hörts auf! sagt Scheck.

Na was denn? sagt Glasl. Bist du am End empfindlich?

Oder magst du keine Frauen? fragt Kuli. Nix für ungut, aber so etwas soll ja vorkommen.

Was ihn betrifft, mag er die Frauen allerdings sehr sehr. Und die Frauen mögen ihn, auch wenn sie das mit der ihnen eigenen Raffinesse manchmal verbergen. Ja, es ist wahr, er mag sozusagen das Weibliche an sich. Wahrscheinlich, sagt er, kommt das von seiner überentwickelten Männlichkeit.

Ah so? grinst Glasl.

Ja. So ist das mit ihm.

Er mag das Weibliche an sich, aber natürlich existiert es nur in unendlich vielen Ausformungen.

Er zeichnet die Ausformungen in die Luft. Die reizen ihn immer auf neue, sagt er.

Und jetzt reizt ihn die Kellnerin. So eine wie die fehlt noch in seiner Sammlung.

Was, eine Sammlung hast du? Vielleicht gar einen Harem?

Nun, diese Sammlung, erklärt Kuli, gibt es genaugenommen nur in meinem Kopf. Andere sammeln zum Beispiel Briefmarken und haben ihre Freud dran, sie sozusagen Revue passieren zu lassen, wenn sie in ihren Alben blättern. Er blättert in den Alben seiner Erinnerung und läßt seine Amouren Revue passieren.

Meine Güte, ich könnt euch Geschichten erzählen! Man erlebt ja die kuriosesten Sachen im Lauf eines langen, erfüllten Sexuallebens! Einmal zum Beispiel hab ich Zwillinge geliebt, aber die waren genaugenommen Fünflinge. Zwei eineiig und drei zweieiig. Und so haben wir zu sechst Flaschenroulette gespielt.

Und die hast du alle, fragt Scheck – *geliebt?*

Na und wie ich die geliebt habe! – Kreuz und quer. Und in sämtlichen Positionen!

Und das nennst du lieben?

Geh, werd nicht idealistisch!

Ich hab nur eine geliebt, sagt Scheck. Nur eine ...

Und spült einen Seufzer mit Coca Cola hinunter.

Und schweigt beredt. Und macht melancholische Augen.

Oh je, sagt Glasl. Das hört sich ja wirklich schlimm an!

Ganz ohne Netz? sagt Kuli. Auf so was soll man sich nie einlassen.

Und mit wem hat sich Scheck auf so etwas eingelassen?

Mit seiner Peppi, sagt er. Oh meine Peppi!

Im selben Boot, das heißt in der selben Bank sind sie gesessen.

Doch das ist eine sehr persönliche Geschichte. Scheck ist nicht sicher, ob solche persönlichen Geschichten überhaupt so interessant sind.

Aber was denn sonst! sagt Kuli. Welche Geschichten sollen denn überhaupt interessant sein? – Wenn nicht die persönlichen Geschichten? Etwa die unpersönlichen Geschichten? – Diese Geschichten, hinter denen gar keine bemerkbare Person steht? – Also was ihn betrifft, auf solche Geschichten kann er verzichten!

Diese Geschichten, die eigentlich gar keine Geschichten *sind*! – Jemand *tut* so, als ob er erzählen würde, aber er *hat* gar nichts zu erzählen! – Jemand erzählt zwar, aber erweckt den Anschein, als wäre er beim Erzählen gar nicht da! – *Du* bist da. Also zier dich nicht und erzähl schon!

Na schön, sagt Scheck, aber seine Geschichte ist leider eine traurige Geschichte. Die Peppi und er sind sich gegenüber gesessen. Die Peppi am Schalter 1 und er am Schalter 2. Da haben sie sich manchmal tief in die Augen geblickt.

Na bestens, sagt Kuli, der sich etwas notiert.

Ja, nickt Scheck, aber leider ist einiges zwischen uns gestanden. Erstens die Leut. Denn natürlich haben sich sowohl vor ihrem als auch vor seinem Schalter immer wieder Kunden angestellt. Die waren ihrem verliebten Blickwechsel ausgesprochen im Weg.

Und zweitens?

Zweitens der Filialleiter – dem ist dieses Hin- und Herblicken mit der Zeit aufgefallen. In Ihrer Freizeit, hat er gesagt, können Sie sich so verliebt anschauen, wie Sie wollen, aber bitteschön nicht in der Dienstzeit. Sehen Sie, die Abfertigung der Kunden kommt ja ins Stocken! Außerdem verzählen Sie sich womöglich noch vor lauter Verliebtheit!

Also hat der Filialleiter den Scheck versetzt. Nicht gleich in eine andere Bank – so ein Filialleiter ist ja kein Unmensch –, aber an einen anderen Schalter. Und zwar an den Schalter 3, der war um die Ecke. Von dort hat der Scheck seine Peppi nicht sehen können.

Au weh, sagt Glasl.

Das kann man wohl sagen, sagt Scheck. – Außerdem war ich dort mit Devisen & Valuten beschäftigt.

Und was macht das aus?

Das macht eine Menge aus!

Diese Devisen & Valuten haben nämlich ein unwiderstehliches Fernweh in ihm ausgelöst.

Eines Abends hat er nicht mehr anders können, als mit der Peppi darüber zu reden. Peppi, hat er gesagt, diese Lire, diese Peseten, diese Escudos, diese Drachmen, diese türkischen Pfund und wie sie alle heißen, machen mich ganz nervolabil. Nervolabil? hat sie gefragt. Ja, hat er gesagt, sie haben eine radikal reduzierende Wirkung auf mein

Sitzfleisch. Manchmal hab ich gute Lust, meinen Hintern, der mir vom vielen Sitzen schon einschläft, von seinem Drehsessel hinter dem Bankschalter zu heben, alles hinzuschmeißen und einfach auf & davon zu fahren.

Aber Franz, hat die Peppi gesagt, jetzt brauchst du sowieso nur mehr Sitzfleisch für ein paar Wochen. Dann fahren wir zwei miteinander nach Bibione. Und dort werden wir in der Sonne liegen und im Meer planschen und Eis schlecken und Eros Ramazzotti hören und uns im Hotelzimmer unter dem Ventilator bei heruntergelassenen Jalousien heftig lieben. Sei mir nicht bös, hat Scheck geantwortet, das sind alles ganz nette Perspektiven, aber nach vierzehn Tagen ist der Spuk vorbei und wir sitzen wieder in der Bank – nein, wenn ich sage, daß ich gute Lust hätte, alles hinzuschmeißen und einfach auf & davon zu fahren, dann meine ich etwas anderes.

Ah so, hat sie gesagt, was denn? und unvermittelt aufgehört, an ihrem Strohhalm zu saugen, sodaß die kleine Säule Campari, die bereits drin war, wieder ins Glas zurückgesunken ist, sie sind nämlich im Kaffeehaus gesessen. Hör zu, hat er gesagt, ich hab einen alten Freund, der würd mir zu einem sehr günstigen Preis sein Wohnmobil verkaufen. Ich hab mir das ausgerechnet: Wenn ich das Wohnmobil kauf, könnten wir, günstige Wechselkurse und einen etwas, sagen wir, alternativen Lebensstil vorausgesetzt, von meinen Ersparnissen eine ganze Weile schön leben. Ich liebe dich Peppi! Sag ja, und wir werden es fein haben!

Jetzt hat sie das Campariglas aber endgültig weggeschoben. Du spinnst! hat sie gesagt. Wo sollen wir denn überhaupt hinfahren, und was machen wir, wenn wir zurückkommen? Ich hab geglaubt, wir sparen auf eine gemeinsame Wohnung, ich hab gedacht, wir wollen möglichst bald heiraten. Und jetzt kommst du mit so was daher! Ein Mann, der einer Frau mit so was daherkommt, kann diese Frau nicht wirklich lieben!

Weil nämlich der Mensch etwas Sicheres braucht im Leben. Und wenn ein Mensch einen anderen Menschen liebt und die zwei wollen sich zusammentun, dann brauchen sie erst recht etwas Sicheres. Ein einzelner, wenn er ein Hallodri ist, der mag einfach auf & davon fahren mit einem Wohnmobil oder gleich mit einem Zigeunerwagen. Aber wenn ein Mann eine Frau liebt und mit ihr in logischer Konsequenz eine Familie gründen will, dann hat er bitteschön eine Verantwortung.

Und so weiter.

Oh je, schmunzelt Kuli und schreibt. Wenn die Frauen *so* anfangen, weiß er, ist es höchste Zeit, ans End zu kommen. Er weiß, wovon er spricht. Er hat diese Erfahrung schon ein paar Dutzend Mal gemacht.

Scheck hat diese Erfahrung nur einmal gemacht und ist nicht mit ihr fertiggeworden.

Oh meine Peppi! seufzt er. Oh meine Peppi! Damals an jenem Abend ist sie plötzlich aufgesprungen und davon gelaufen wie ein scheues Pferd, er erinnert sich noch an ihren wippenden Roßschwanz. Er hat ihr nicht gleich nachlaufen können, weil er noch zahlen hat müssen. Und dann, als er endlich draußen auf der Straße gestanden ist, links und rechts in die Nacht spähend, da war nichts von ihr zu sehen, im nahen Park, in dem er sie noch gesucht hat, nach ihr rufend, auch nichts, die teils dunklen, teils erleuchteten Fenster der Sozialbauten ringsherum haben ausgeschaut wie die Fenster eines Adventkalenders, die Musik aus den Radios und die Stimmen aus den Fernsehern, das alles hat sehr verloren geklungen, und da war ihm ganz melancholisch zumut.

Am nächsten Tag in der Bank hat sie zu ihm guten Morgen gesagt, wie zu einem ihr gleichgültigen Menschen. Da hat er den Vormittag hinter seinem Devisen- & Valutenschalter kaum ausgehalten. Endlich die Mittagspause. Aber in dem Gasthaus, in dem die meisten Angestellten seiner und ihrer Filiale gewöhnlich essen gegangen sind, hat sie ihn kaum angeschaut. Noch dazu hat sie sich ausgerechnet mit dem Saldo zusammengesetzt, einem Kollegen, der ihm schon immer verdächtig war, weil er, wenn sie an ihm vorbeigegangen ist, immer so rot geworden ist wie ein Paradeiser in der Augustsonne.

Am Nachmittag endlich, nach Bankschluß, ist es ihm gelungen, sie zu erwischen. Im wahrsten Sinne des Wortes: Sie ist vorausgestöckelt, er ist hinter ihr her gerannt. Kompromisse hat er im Sinn gehabt: Fahren wir halt nur ein halbes Jahr; fahren wir wenigstens auf zwei Monate. Aber mit ihr war über dieses Thema nicht mehr zu reden: Ihre Sicherheitsbedürfnisse sind zu groß gewesen.

Mit einem Wort eine dumme Gans, sagt Kuli.

Sag das nicht noch einmal, sagt Scheck und zieht sein Fahrtenmesser.

Seine Hand zittert. Kuli grinst. Er denkt nicht daran, das ernst zu nehmen.

Hörst Burli, sagt Glasl, mach keinen blöden Witz! Steck deinen Feitl wieder ein!

Sie ist ja, sagt Scheck, nicht von sich aus so, seine Peppi. Sondern durch ihre Eltern. Sie ist halt ein typisches Produkt von Anlage & Umwelt. Ihre Eltern aber leiden beide unter *dementia securitatis*, zu deutsch Sicherheitsblödsinn. Sieben Sicherheitsschlösser, drei Sicherheitsriegel, jede Menge Versicherungspolizzen.

Weil man nämlich nicht weiß, was alles kommt. Aber man kann sich denken, was kommen *könnte.* Glasbruch, um nur ein einfaches Beispiel zu nennen. Glück & Glas, wie leicht bricht das – aber von Glück will Scheck in diesem Zusammenhang gar nicht reden.

Sondern von simplem Glasbruch. Etwas Gläsernes zerbricht. Da ist es gut, wenn eine Versicherung den Schaden ersetzt. Aber so einfach ist das nicht. Es gibt subtile Unterschiede zwischen Zerbrechen und Zerbrechen. Zum Beispiel, wenn Wind im Spiel war. Oder wenn ein Kind im Spiel war. Oder wenn ein Hund im Spiel war.

Haben Sie eine Windversicherung? Um wessen Kind hat es sich gehandelt? War das Kind versichert? – War der Hund versichert? Warum war der Hund nicht an der Leine? – Die Versicherungsgesellschaft, der Versicherungsagent, sie meinen es gut mit dir. Aber im Falle eines Falles kann sich herausstellen, daß dieser besondere Fall gar kein allgemeiner Versicherungsfall *war.*

Da brauchst du eine Zusatzversicherung. Da kannst du zum Beispiel eine Windversicherung abschließen. – Ja, aber was, wenn es sich um einen Sturm oder gar um einen Orkan handelt? – Ganz zu schweigen von Erdstößen oder richtigen Erdbeben! – Das solltest du alles bedenken, das mußt du dir rechtzeitig überlegen.

Kurz – wenn man einmal damit anfängt, sich gegen irgend etwas versichern zu lassen, kann man gar nicht mehr damit aufhören. Man weiß nicht, was alles kommt. Wer weiß, was einem zustößt. – Oder doch: Eines weiß man genau: Irgendwann wird es mit all dem aus sein. Aber auch und vor allem für diesen Fall muß man als verantwortungsbewußter Mensch natürlich vorsorgen.

Oh doch, es mag Leute geben, die leben einfach in den Tag hinein, und eines Tages fallen sie um und sind tot und fallen ihren Nachkommen zur Last. Oder der öffentlichen Hand, die dann für die Begräbniskosten aufkommen muß, oder zumindest der Müllabfuhr. Aber mit solchen Menschen wollen anständige und verantwortungsbewußte Menschen nichts zu tun haben. – Peppis Eltern waren sehr anständige und verantwortungsbewußte Menschen.

So anständig, so verantwortungsbewußt waren sie, daß sie ihre Tochter, kaum daß das arme Hascherl auf der Welt war, schon einschreiben lassen haben in einen sogenannten Sterbeverein. Zum ersten Geburtstag haben sie ihr eine Sterbevereinspolizze gekauft, da wird sich das kleine Scheißerl aber gefreut haben. Patsch Handi zsamm, patsch Handi zsamm! Oh doch, eine Torte mit einer einzigen Kerze in der Mitte hat sie damals auch gekriegt. Das ist auf einem Foto im Familienalbum zu sehen, aber es gibt Geschenke, die vergehen, und es gibt Geschenke, die bleiben.

Zumindest ein Leben lang. So ein Geschenk ist die Sterbevereinspolizze. Natürlich hat das die Peppi damals noch nicht verstehen können, drum hat man die Sterbevereinspolizze in eine schöne, schwarze Mappe gelegt und für sie aufbewahrt. Aber sobald sie alt genug war, hat man ihr das erklären können. Sie war Mitglied bei einem Verein, und zwar bei einer Art Sparverein für das eigene Begräbnis, vorläufig zahlten ihre lieben Eltern den Mitgliedsbeitrag, aber sobald sie einmal groß sein würde, würde sie ihn selbst zahlen.

Scheck weiß das. Er hat einmal das zweifelhafte Vergnügen gehabt, von Peppis Eltern zum Essen eingeladen zu werden.

Wir wollen doch wissen, hat Peppis Vater gesagt, wer der junge Mann ist, mit dem unsere Tochter ihre Zukunft plant.

Sie heißen also Scheck. Sie arbeiten in derselben Bank wie Peppi. Sie hat viel von Ihnen erzählt.

Aber sagen Sie: Welche Sicherheiten können Sie unserer Tochter bieten?

Bis hierher würde Scheck erzählen, aber an dieser Stelle könnte er nicht anders, er müßte das LIED VON DER SICHERHEIT singen.

Er hat nämlich auch etwas Musikalisches: Eine Zeitlang hat er sogar in einer Band gespielt.

Das ist allerdings noch vor der Matura gewesen.

Wenn man *reif* ist und der Ernst des Lebens beginnt, geht es mit solchen Spielereien meistens zu Ende.

Er hat halt gesungen und auf der Gitarre geklimpert.

Ja, und ab und zu ist ihm sogar ein eigenes Lied eingefallen.

Kaum hat er bei der Bank zu arbeiten angefangen, haben diese Einfälle aufgehört.

Aber jetzt, als er so auf der Straße gestanden ist, also da sind ihm, nach Jahren zum ersten Mal wieder, ein paar Takte Musik und die dazu passenden Worte in den Sinn gekommen.

So auf der Straße stehend und wartend, hat man ja eine ganze Menge Zeit zum Nachdenken.

Er hat Wien fluchtartig verlassen. Das heißt Wien und die Peppi, die ihn mit seinen von ihrer Norm abweichenden Auffassungen ohnehin nicht mehr gemocht hat –

Wien und die Peppi hat er verlassen; natürlich auch die Bank –

So auf der Straße stehend und wartend ist ihm bewußt geworden, vor was allem davonzufahren er jetzt eigentlich im Begriff war.

Vor Wien, vor der Peppi, der Bank und dem Sterbeverein –

Ja, auch und vor allem vor dem Sterbeverein hat er davonzufahren versucht, das ist ihm mit jedem Kilometer, den er, so *on the road*, hinter sich gebracht hat, klarer geworden –

Das Phantom dieses skurrilen Vereins ist die ganze Zeit in seinem Kopf herumgespukt –

Und je mehr er darüber nachgedacht hat, desto unglaublichere Dimensionen hat es für ihn angenommen.

Einerseits ist es ja wirklich komisch, nichtwahr –

Es gibt Fußballvereine, Gesangsvereine, Sparvereine, Kleingärtnervereine –

Tritt man denen bei, so will man natürlich fußballspielen, singen, sparen, kleingärtnern –

Warum ist man beim Sterbeverein? Weil man – und sei es auch insgeheim – sterben will?!

Das klingt wie ein böser Witz – aber anderseits: wer weiß? –

Schön, hat sich Scheck überlegt, er ist ja kein Mitglied –

Aber: *Muß* man diesem Verein überhaupt beitreten? Ist man nicht auch ohne Polizzen, durch eine Art von Zwangsmitgliedschaft, von Anfang an dabei? –

Ist dieser Sterbeverein nicht so etwas wie ein im wahrsten Sinne des Wortes unheimlich gut organisierter Geheimbund, eine morbide Mafia, die, dem Wesen einer solchen Organisation entsprechend, alle Lebensbereiche durchsetzt und durchnetzt, und im Grund genommen ist alles, von der Geburtsklinik bis zum Altersheim, ist jede lebenserhaltende & -gestaltende Tätigkeit, nur Tarnung

& Täuschung, denn was dahintersteht, was jeder kennt, aber keiner nennt, ist die Cosa Nostra einer letzten Endes unausweichlichen Sterbevereinsmeierei?!

Das wars, was ihn eigentlich dauernd beschäftigt hat.

Ich will nicht sterben, hat er die ganze Zeit über gedacht, nein, ich will nicht sterben!

Und wenn es auch wirklich eine geheime Zwangsmitgliedschaft bei diesem Scheißsterbeverein geben sollte –

Um freiwillig in diese Mitgliedschaft einzuwilligen, also dazu hab ich noch viel zu wenig gelebt.

Scheck greift nach Kulis Schnapsglas. Entschuldige, sagt er.

Er trinkt ja sonst nichts, aber jetzt ist ihm spontan danach zumut, er kann einen Schluck brauchen.

Ich weiß gar nicht, sagt er, wie ich auf all das gekommen bin, ich hab mich in einen Wirbel geredet.

Eigentlich wollte er ja nur dieses Lied singen, das ihm unterwegs eingefallen ist. Also vielleicht sollte er das jetzt wirklich versuchen.

Also hört zu, sagt er. Ich sing euch jetzt das LIED VON DER SICHERHEIT.

Das ist allerdings nicht so einfach. Denn in der ZILL, in der die drei, wir erinnern uns, immer noch sitzen, *hört* man schon Musik.

Recht lautstark sogar. Die Verstärkerboxen sind gut.

Im Moment läuft die Nummer NO WOMAN, NO

CRY. Und gegen den Reggae-Rhythmus anzukämpfen ist eigentlich sängerischer Selbstmord, aber Scheck probierts.

Sicher, versucht er zu singen,
du kannst dir eine Wohnung leisten,
du kannst dich
in deinen eigenen vier Wänden
verbarrikadieren /
Wenn du schon
dein Lebtag
deinen eigenen Tod produzierst,
sollst du wenigstens
das Leben der andern
konsumieren.

In dem Lied würden auch Wiener Schnitzel vorkommen, die man an Teakholztischen fressen, und Farbfernseher, die man sich in den Herrgottswinkel stellen könnte –

Und von Sitzgarnituren wäre die Rede, in denen man immer tiefer versänke, sowie von Schleiflackbetten, in denen man aneinander vorbei schliefe –

Und nicht unerwähnt bliebe, daß man sich natürlich ein Auto leisten könnte und durch nichts als den Stau daran zu hindern wäre, am Wochend familiär ins sogenannte Grüne zu chauffieren –

Wenn du schon
dein Lebtag,
versucht Scheck zu singen,

aber Bob Marley, auch wenn er schon tot ist, während Scheck noch live zu hören wäre, ist eine übermächtige Konkurrenz –

wenn du schon
dein Lebtag
deinen eigenen Tod produzierst,
sollst du wenigstens, versucht er zu singen,
das Leben der anderen, versucht er zu singen,
konsumieren.

Und daß man sich einen Wiener-Schule-Druck als Kapitalanlage übers Nachtkästchen hängen kann, versucht er noch zu singen –

Und bausparen oder Anleihen zeichnen, weil Geld stinkt nicht, oder wenn doch, dann nur nach mehr –

Und eines Tages, das wäre das Ende vom Lied, *bist du big enough für die Bahamas oder für ein Reihenhaus in Perchtoldsdorf* (was ein hübscher, aber rettungslos von Handel & Industrie umstellter Ort in der Nähe von Wien ist) –

und weißt,
du warst einmal jung,
aber das ist eine Ewigkeit her.

...

Sicherheits-
Sicherheits-
Sicherheits-
Sicherheits-
Schloß, singt er,
Sicherheits-
Sicherheits-
Sicherheits-

Sicherheits-
Riegel,
und jetzt ist Bob Marley verstummt, und Scheck hat endlich den richtigen Ton gefunden –

aber das Getöse der anderen Stimmen rundum ist auch verstummt, und da kommt sich Scheck auf einmal sehr exponiert vor.

Ihn schwindelt. Er fühlt sich gar nicht recht wohl, sagt er, ihm ist, um ehrlich zu sein, direkt schlecht.

Vielleicht hätte er doch nicht von Kulis Schnaps trinken sollen. Womöglich tut ihm auch die Luft hier drinnen nicht gut.

Gehen wir, sagt er. Ihr geht doch mit mir? Ihr könnt mich doch jetzt nicht allein lassen!

Und ist schon am Zahlen. Da bleibt den beiden anderen nichts anderes übrig, als ihn zu begleiten.

Obwohl das Kuli – der Kellnerin wegen – bedauert.

Ich komme bestimmt wieder, sagt er. Na fein, sagt sie, da bleibt mir ja noch Hoffnung.

Draußen ein rauschendes Flüßchen, das heißt DIE BLAU.

Drüber ein gelber Mond, der heute recht schief hängt.

Und *du*? fragt Kuli. Was ist mit *deiner* Geschichte?

Das fragt er Glasl. Es ist vielleicht eine halbe Stunde später.

Sie sitzen inzwischen im Gasthaus ZUM WILDEN MANN.

Und es besteht kein Zweifel, daß Glasls Geschichte gut hierher paßt.

Tief hängende Lampen auch hier, aber die dunkler getönten Schirme geben ein wärmeres Licht –

Fast kontemplativer Jazz, Gäste mit einem Touch heruntergekommenen oder nicht ganz zustandegekommenen Künstlertums –

Kepler & Einstein sind auch schon da. Offenbar haben auch sie das Lokal gewechselt –

Und in irgendeiner Ecke ist natürlich auch hier vom Lotto die Rede.

Hinter der Theke der Wirt, im Vergleich zu dem drüben klein, schmal, wenig Gras obenauf, wenn er an seiner Zigarette zieht, sieht er ein bißchen aus wie ein im Gastgewerbe gestrandeter Existenzphilosoph –

Und eine Kellnerin mit hohen Backenknochen und etwas schräg stehenden Augen, ein Gesichtsschnitt (schlitzbackig), der Kuli, wie zu erwähnen er sich nicht verkneifen kann, vielleicht aufgrund frühkindlicher Prägungen von jeher erotisiert –

Aber der Mann, das wissen wir schon, hat zwei, wenn auch einander nicht unbedingt widersprechende, so manchmal doch kollidierende Obsessionen –

Und in der augenblicklichen Stimmung scheint ihn Glasls Geschichte mehr zu reizen als irgendeine andere, selbst die, die er mit dieser oder jener schönen Kellnerin beginnen könnte, also erzähl, sagt er, erzähl.

Meine Gschicht ist nicht so lang, sagt Knieriem bei Nestroy, aber äußerst tragisch. Nichts als unverschuldete Unglücksfälle – in Budweis, erzählt er, hat er seinen Meister verprügelt, in Altbrünn hat er um ein Haar einen Lehrbuben zerrissen. Und was war dran schuld? Natürlich nicht er, sondern seine unsinnigen Räusch. Wenn er sich seinen Verdruß nicht versaufert, müßt er sich glatt aus Verzweiflung dem Trunk ergeben.

Von einem Menschen, der Glasl heißt, kann man erst recht nichts anderes erwarten. Ein Name wie dieser hat wirklich was Ominöses. Zwar ist es mit den Namen wie mit den Sternen – sie machen geneigt, aber sie zwingen nicht. Und trotzdem – wenn er sichs recht überlegt, hat er die längste Zeit seines bisherigen Lebens keine Chance gehabt.

Es ist allerdings nicht nur der Name, der einen wie ihn schon von Anfang an auf eine ganz bestimmte Bahn lenkt. Wer sagt, daß es die schiefe sein muß? Es ist nur so: Wenn sie gerad bleibt, führt sie bestimmt nicht nach oben. Bist du in der Rue de Kack geboren und findest dich damit ab, so kommst du garantiert nie raus. Aber versuchst du, rauszukommen, sozusagen über den Rand der Scheißgasse hinauszukrabbeln, so ist es sehr wahrscheinlich, daß du früher oder später zurückrutschst, und im Dreck steckst du dann nur umso tiefer.

Sehr früh hat Glasl versucht, da rauszukommen, aber zurückgerutscht ist er sofort.

Mopeddiebstahl mit vierzehn, ganz einfach um allem davonzufahren, zum Beispiel dem sogenannten Elternhaus –:

Gemeindebauwohnung in einer Peripheriesiedlung, vierzig Quadratmeter, Zimmer, Küche, Kabinett, bewohnt von Vater Glasl, Mutter Glasl und ihren drei Kindern, von denen eins immer um einen Kopf größer oder kleiner war als das andere, je nachdem, von welcher Seite man die Orgelpfeifen betrachtet hat –

Ich bin die größte Pfeife gewesen, sagt Glasl.

Ganz einfach um allem davonzufahren, natürlich auch der Schule –:

In der den Lehrern, die kaum zu Wort kommen, es sei denn, daß sie brüllen, und die den Früchterln von Glasls Sorte kaum etwas beibringen können, es sei denn, daß sie drillen, die Hand manchmal recht locker sitzt.

Ganz einfach, um allem davonzufahren, nicht zuletzt dem Bezirk –:

In dem die freien Areale (*Gstätten*), auf denen Glasl und seinesgleichen früher zum Beispiel Fußball gespielt haben, ohne Rücksicht auf so kleine Verluste verbaut werden; in denen die Kinos (*Dschunkerln*), in denen er und seine Freunde so manchen Samstagnachmittag verbracht haben, nach und nach einschlafen und als Schnellwäschereien oder Supermärkte wieder aufwachen.

Mopeddiebstahl mit vierzehn. Er kommt nicht weit. In den Prater ist er damals gefahren. Er war gut drauf. In seiner Euphorie hat er in der Automatenhalle sogar ein paar Schilling gewonnen. Doch als er wieder hinaus ins nie zuvor als so frei, so offen empfundene Freie getreten ist, haben sie schon auf ihn gewartet.

Zwei Polizisten nämlich. Neben dem Moped.

Er hat versucht, davonzurennen, sich in die Büsche zu schlagen, aber natürlich hat er keine Chance gehabt.

Eingefangen, abgeführt, auf dem Polizeikommissariat geohrfeigt, vor dem Jugendgericht verurteilt.

Und dann KAISEREBERSDORF, Jugendgefängnis, Jugend*sonderanstalt*, wie das so schön verunklärend heißt, da lernst du was fürs Leben.

Wie ein Hund kuschen nämlich, wenn das Herrl aufreibt, und beißen, wenns grad nicht herschaut. Aber dort drin – das liegt nun einmal im Wesen einer solchen Anstalt – reiben die Herrln meistens auf und schauen meistens her. Also bleibt dir nichts übrig, als knurrend zu kuschen. Dafür hast du dann ein unwiderstehliches Bedürfnis zu beißen, wenn du endlich wieder rauskommst.

Sagt Glasl und hat schon wieder ein Bier ausgetrunken.

Daß ihm Kuli gleich noch eins bestellt, scheint ihn vorübergehend versöhnlicher zu stimmen.

Na schön, er muß zugeben, daß man in der Jugendsonderanstalt auch etwas anderes lernen konnte.

Ein Handwerk nämlich. – Einer ihm selbst unerklärlichen Neigung folgend, hat er sich für das Schusterhandwerk entschieden.

Doch doch, eine Weile hat er wirklich als Schuster gearbeitet. Aber der einzige Meister, der ihn nach seiner Entlassung aus Kaiserebersdorf aufgenommen hat, war steinalt und kleinwinzig und hat nur alle heiligen Zeiten ein paar Schuhe zu doppeln bekommen. In den Pausen dazwischen hat er gesoffen. So ist er für Glasl eher ein Meister des Saufens als einer des Schuhemachens gewesen.

Gesoffen, so Glasl, hat der nämlich erstaunlich. Beschaulich, in ganz kleinen Schlucken. Etwas, das Glasl mit seinem sehr anders gearteten Temperament nie fertiggebracht hat. Geradezu ein Guru des Alkoholismus: auf diese Weise hat er unglaubliche Mengen vertragen. Aber eines Tages hat er anscheinend doch einen etwas zu großen Schluck erwischt, hat seinen letzten Rülpser getan und ist vom Stockerl gekippt.

Glasl war es ehrlich leid um ihn – er war, erzählt er, der einzige Trauergast auf dem Begräbnis. Es war ihm auch leid, weil dieser Schuster offenbar weit und breit der letzte seiner Art war. Solche Schuster wie der sind eine aussterbende Spezies. Damit war Glasls Schusterlaufbahn jedenfalls beendet.

Aber vielleicht, hat er gedacht, ist das ohnehin besser.

In so einem Gewölb, so einem Kellerloch zu sitzen, das ist für einen jungen Menschen auf die Dauer keine Perspektive.

Ein junger Mensch will höher hinaus. Also hat Glasl auf dem Bau zu arbeiten angefangen.

Dort ist er auf dem Gerüst gestanden. Von dort,

hat er gedacht, hat man immerhin eine gewisse Aussicht.

Nicht allzu lang hat er diese Aussicht gehabt. Von seinem spätestens in der Jugendsonderanstalt erworbenen Bedürfnis, zu beißen, war schon die Rede, außerdem scheint ein gewisser Jähzorn den Glasls und Knieriems einfach im Blut zu liegen. Anlässe, die dieses Blut in Wallung versetzen, finden sich ohne weiteres. Zum Beispiel ist man ein Fußballfan. Und ein Bekannter beleidigt die Mannschaft, der man Wochenend für Wochenend die Daumen drückt (noch dazu meistens vergebens).

Also so einen wird man doch noch etwas fester in die Seite boxen dürfen!

Nur Pech, wenn er unverschämt schwache Rippen hat und gleich zwei davon brechen.

Nachtragend ist er auch noch und rennt zum Kadi.

Schwere Körperverletzung. Drei Monate bedingt. Halten Sie sich zurück, sagt der Richter, das nächste Mal sind Sie fällig.

Naja, und das nächste Mal ist es eine Frau, wegen der Glasl zuschlägt. Sie war die Tochter der Trafikantin, bei der er jeden Tag in der Früh seine Schachtel Zigaretten gekauft hat. Mitzi hat sie geheißen, und er hat ihr sogar einmal einen selbstgepflückten Strauß Veilchen verehrt. Das ist den Kollegen am Bau nicht verborgen geblieben.

Gut – daß sie darüber gelacht haben, das hätte Glasl, in der menschenfreundlichen Stimmung, in der er sich damals befunden hat, vielleicht überhören können.

Aber was tust du, wenn einer das von dir beschenkte, jungfräuliche Geschöpf öffentlich eine Schlampe nennt?

Richtig geraten: Du haust ihm eine aufs Aug.

Nur blöd, wenn der Typ sich nicht ordentlich hält, und du triffst ihn voll aufs Nasenbein.

Also ist der Bauarbeiter Glasl in den Bau gewandert, vom Gerüst, wo seine Aussichten, ehrlich gesagt, ohnehin nie besonders waren, ins Gefängnis, aber von dort waren sie noch schlechter. Durchs Zellenfenster hat er den Sternenhimmel, den er schon damals gern observiert hat, nur vergittert gesehen. Zwar waren es vorerst nur drei Monate, die er im *Häfen* verbracht hat. Aber wahrscheinlich waren es die bis auf weiteres entscheidenden drei Monate.

Denn wenn du ehemals was fürs Leben gelernt hast in der Kaiserebersdorfer Grundschul: jetzt wird studiert. Das heißt, die Kenntnisse, die du schon hast, werden jetzt vertieft. Zwar ist es immer das nämliche, das man dir beibringt: Kuschen & Beißen. Aber an der hohen Schul hat man etwas mehr Gelegenheit, gewisse Zusammenhänge zu begreifen.

Die Regeln des dreckigen Spiels, das mit uns gespielt wird.

Des Gesellschafts-Spiels, bei dem wir alle mitmachen müssen, ob wir wollen oder nicht.

Des Mensch-ärgere-dich-nicht-Spiels, zu dem wir alle antreten dürfen, aber aus sehr verschiedenen Startpositionen.

Und es ist gar kein Geheimnis, daß von vornherein verschiedene Sorten von Würfeln verteilt werden.

Die Frage ist nur, wieso das so gut funktioniert. Kuschen & Beißen. Naja, nach oben kann ein armer Hund bestenfalls wadelbeißen. Und nach unten? Nach unten kann er ins Gras beißen. Aber das hat noch Zeit. Erst einmal beißen sich die, die nach unten nichts mehr zu beißen haben, untereinander.

Das ist ein uraltes, sehr bewährtes System. Du durchschaust es zwar halbwegs, aber du kannst es nicht ändern. Schlägst du aus Wut und Verzweiflung darüber einem Mithäftling in der Zelle einen Zahn aus, so schreien die andern hoppauf. Und die Aufseher gucken durch die Spione und lachen.

Das ist eine unheimlich hinterfotzige Mühle, in der du dich da drehst. Als sie ihn einmal in die Küche zum Abwaschen abkommandiert haben, erzählt Glasl, hat er eine Maus gefangen. In der Zelle, erzählt er, hat er der Maus ein Laufrad gebaut. Da hat er die Maus hineingesetzt, und dann hat er ihr stundenlang zugeschaut.

Etwas hat sich auf Glasls Stimme gelegt.

Noch ein Bier? fragt Kuli.

Zwischendurch, sagt Glasl, wäre ihm jetzt *auch* ein Schnaps lieber.

Die Einladung, sagt er, will er als Vorschuß betrachten.

Wenn Kuli das alles in seinen Roman schreibt, verlangt er nämlich eine Beteiligung an den Tantiemen.

Na, selbstverständlich, sagt Kuli. Du kriegst deinen Anteil!

Falls bis dahin nicht der ultimative Komet kommt.

Und ich? fragt Scheck. Er hat lange genug geschwiegen.

Wenn *Glasl* was zusteht, dann will auch er seine Prozente.

In Ordnung, sagt Kuli. Okay. Ist ja gut. Beruhigt euch.

Ihr glaubt doch nicht etwa, daß Autoren bescheißen?

Also daß sie sich untereinander bestehlen wie die Raben, das soll vorkommen. Aber daß sie sozusagen die kleinen Leute ausbeuten? Nein, also bitte! Pfui Teufel!

Er, sagt Kuli, tut so was jedenfalls nicht.

Jedenfalls nicht mit Leuten, mit denen er an einem Tisch sitzt.

Wenn das nicht wahr ist, läßt er sich *hier* hineinstechen.

Er weiß nicht recht, wo. Na egal, sagt er. Komm! Erzähl weiter!

Von mir aus, sagt Glasl und kippt seinen Schnaps. Wo war ich?

Im Gefängnis, sagt Scheck.

Ah ja, natürlich, sagt Glasl. Im *Häfen.*

Dort war er einige, mehrere, viele Male.

Er weiß gar nicht mehr wie oft. Insgesamt wird er ungefähr sieben Jahre seines Lebens dort verbracht haben.

Der Planet Knast, sagt er, hat nämlich eine enorme Schwerkraft. Man gerät leicht in den Bereich seiner Gravitation, aber nur schwer wieder heraus. Hast du deine Strafe abgesessen, so geben dir die Justizwachebeamten deine Klamotten zurück und sagen auf Wiedersehen. Die wissen genau, daß sie dich in ein paar Wochen, Monaten oder spätestens Jahren wieder sehen, und daß du im Grund genommen keine Chance hast.

Sie wollen Arbeit? Was habens denn früher gemacht? – Ah so, im Gefängnis warns. Eine gute Empfehlung! – Nein, im Augenblick ist kein Arbeitsplatz frei. – Kommens halt nächstes Monat. Schauns doch woanders.

Gibt man dir trotzdem Arbeit, so ist sie das Letzte.

Und dabei tut der Arbeitgeber, als würd er dir was schenken.

Du *darfst* für ihn arbeiten. So ein Entgegenkommen!

Er läßt sich herab, auch aus dir seinen Schmattes zu quetschen.

Und dann sagst du dir eines Tages, diese Asozialpartner können mir jetzt alle den Buckel hinunterrutschen. Sie können mir den Buckel hinunterrutschen und mit der Zunge bremsen. Jetzt werd ich halt wirklich ein Profi als Krimineller. Und als Profi, da land ich den großen Coup.

Du hast auch schon einen genialen Plan. Einen Plan nach dem Muster des Films RIFIFI. Wenn du ihn umsetzen kannst, so bist du saniert. Dein Coup hat nur einen Nachteil: Du kannst ihn nicht allein landen.

Aber das haben die großen Coups so an sich.

Also setzt du dich mit einem Studienkollegen, einem anderen Häfenbruder halt, in einem, wie du annimmst, verschwiegenen Beisl zusammen und setzt ihm deinen Plan auseinander.

Fatal, wenn zwei Tische weiter ein Polizist sitzt.

Kommt ihr schließlich hin an den Ort der noch ungetanen Tat, so werdet ihr schon erwartet.

Aus meiner kriminellen Karriere, sagt Glasl, ist also, wie ihr seht, auch nichts Rechtes geworden. Ich bin halt der Glasl. Mit dem berühmten Räuberhauptmann Grasl weder verwandt noch verschwägert. Kein Räuberhauptmann, kein Einbrecherkönig, ja nicht einmal zum Ausbrecherkönig hab ich es gebracht. Bis jetzt hat noch nie jemand etwas über mich geschrieben, höchstens eine depperte Bezirksgerichtssekretärin ein Protokoll.

Das scheint ja jetzt schlagartig anders zu werden, sagt Scheck.

Kuli schreibt.

Wenn das so weitergeht, wird er sich bald ein neues Notizbuch kaufen müssen.

Morgen, sagt Kuli. Bis morgen kommt er hoffentlich noch mit dem alten aus.

Aber jetzt soll der Glasl zu Ende erzählen.

Naja, sagt Glasl, so sind seine Jahre vergangen.

Weil ers zu nichts und wieder nichts gebracht hat in seiner Profession, hat er allmählich immer tiefer ins Glasl geschaut.

Und ist heruntergekommen. Ganz auf den Sand.

Ein unterstandsloser Trinker. Mit einem Wort ein *Sandler.*

Ja, im Frühling, da hat er dem manchmal sogar etwas abgewinnen können. Und im Sommer, da hat er eine bessere Farbe gehabt als die meisten andern. Aber im Herbst, spätestens wenn die letzten Blätter von den Bäumen gefallen sind und der Erdboden gefroren ist, da war ihm oft recht trist zumut. Ist er um diese Zeit bei einem kleinen Einbruch, etwa in einen Würstelstand, erwischt worden, dann war das zumeist kein Versehen, sondern volle Absicht.

Der Knast, das Häfen, war sein Winterquartier.

Nach und nach hat er schon richtige Heimatgefühle für den Knast entwickelt.

Und eigentlich hätte er sich ja abfinden können mit dieser in gewisser Hinsicht sehr natürlichen Art von Existenz.

Wäre da nicht noch immer der Traum vom großen Coup gewesen.

In der Früh, wenn er aufgewacht ist, sei es unter der Brücke, sei es auf seiner Pritsche in der Zelle, also da war ihm ganz klar, daß dieses Leben für ihn keinen großen Coup mehr bereit hält. Doch in der Nacht hat er diesen Traum immer wieder geträumt. Immer wieder hat er den großen Coup ausgeheckt, immer wieder hat er gehofft, daß er jetzt endlich gelingt ... Und das war ein Alptraum. Weil er nämlich den großen Coup nicht einmal im Traum geschafft hat.

Doch dann, eines Tages – genaugenommen war es natürlich in der Nacht – hat er eine Erleuchtung gehabt. Eine Illumination. Naja, mehr oder weniger illuminiert war er ja meistens. Aber das war etwas anderes. Eine Illumination infolge von Lektüre. Er hat damals nämlich einen Zeitungsartikel gelesen ...

Daß nämlich, hat er gelesen, ein Komet im Kommen ist, ein gewisser, nach seinen Entdeckern, einem amerikanischen Astronomenehepaar, so benannter Komet SHOEMAKER. Dieser Komet hat ihn schon seines Namens wegen interessiert – eine gewisse Sympathie fürs Schuhmacherische hat er halt nie ganz loswerden können. Daß zwar dieser Komet, durch die Schwerkraft des Planeten, dem er schon vor Jahren zu nahe gekommen war, zerfetzt, nur mehr als sozusagen Zerrissener auftauche. Aber daß seine sage und schreibe zwanzig Einzelteile dem Planeten, mit dem sie demnächst unweigerlich zusammenprallen müßten, doch einige ebenso veritable wie katastrophale Löcher schlagen würden.

Zwar hat es sich bei dem Planeten, der da getroffen werden sollte, nicht um die Erde, sondern um den Jupiter gehandelt. (Dem übrigens ganz recht geschah: Denn was brauchte so ein großkopferter, aber in seiner eigenen Atmosphäre eigentlich beschränkter Planet einen kleinen, freischwebenden Kometen zu arretieren?) Aber auf seinem Weg vom Wirtshaus, aus dem er die Zeitung entwendet hat, zu seinem Schlafplatz – damals war das ein Abbruchhaus – wo er sie als Leintuch verwenden wollte, hat Glasl weiter und über den unmittelbaren Anlaß hinaus gedacht. Was heut oder morgen dem Jupiter geschieht, hat er überlegt und enthusiasmiert zum Firmament über sich aufgeblickt, kann das nicht morgen oder übermorgen ebensogut der Erde passieren?

Und ob es kann! – Ein paar Tage später hat er einen anderen Artikel gefunden. – Er hat sonst die Zeitungen, die er als Unterlage verwendet hat, nicht so genau gelesen, aber jetzt war er schon einmal auf das Thema aufmerksam geworden. – Einen Artikel, den er seither wie eine Legitimation mit sich herumträgt. In diesem Artikel steht ... Na, wo ist er denn? ... Anscheinend ist ihm das Dokument ins Jackenfutter geraten.

Tief greift Glasl der Jacke ins Innenleben ... Bringt einige Groschen und einigen Grind zum Vorschein ... Und endlich (die zwei anderen haben schon nicht mehr so ganz an seine reale Existenz geglaubt) das Zeitungsblatt ... Etwas zerfleddert zwar und mit allerlei Flecken, aber einer, der so viel schreibt wie Kuli, wird doch, so Glasl, auch gut lesen und daher einen stellenweise etwas undeutlich gewordenen Text entziffern können.

Was bleibt Kuli über? – Das Dokument mit spitzen Fingern an sich nehmend, liest er ungefähr folgendes:

Daß die meisten Himmelskundler darin übereinstimmen, die Gefahr aus dem All bisher grob unterschätzt zu haben. Daß der Astronom David Rabinowitz von der University of Arizona innerhalb von nur zwei Jahren mehr als vierzig hausgroße Felsklötze in erdnahen Umlaufbahnen aufgespürt hat. Und daß auf kosmischen Bahnen, die sich irgendwann einmal mit denen der Erde schneiden werden, laut einer Hochrechnung der Weltraumbehörde NASA bis zu zwotausend Asteroiden mit einem Durchmesser von mehr als einem Kilometer herumschwirren.

Wir haben – so ein im Artikel zitierter NASA-Vizedirektor, nicht mehr als die Spur einer Ahnung, was von dort draußen auf uns zukommt.

Na also bitte, sagt Glasl. – Und jetzt lies das da!

Sein Zeigefinger mit dem schwer trauerberänderten Nagel klopft auf eine andere Stelle.

Drei Tage nach dem Osterfest des Jahres 1989, liest Kuli, ging beinahe die Welt unter.

Weiter!

(Gerade an dieser Stelle hat sich ein besonders dunkler Rotweinfleck ausgebreitet.)

... ging beinahe die Welt unter, und keiner hats bemerkt.

Niemand sah an jenem 23. März den berggroßen Gesteinsbrocken, der im Sturzflug auf die Erde zuraste.

· Hätte sich der 70 000 km/h schnelle Himmelstorpedo nur um wenige Stunden verspätet, so wäre er (erst Tage nach dem Beinahe-Zusammenstoß entdeckten die Astronomen auf den Fotoplatten seine fahle Spur) mit der Erdkugel kollidiert...

Und? sagt Glasl, Triumph in der Stimme, was sagt ihr?

Achtung Steinschlag! grinst Kuli. Anscheinend

gibt es mehr Geröll zwischen Himmel & Erde, als unsere Schulweisheit sich träumen läßt.

Ja, sagt Scheck, aber was war denn nachher das für dich Erleuchtende an dieser Meldung?

Das werd ich dir gleich sagen, verkündet Glasl, und jetzt erhebt er seinen Zeigefinger und weist durchs Dach des Gasthauses WILDER MANN Richtung Himmel. Wenn früher oder später eh ein Komet kommt, hab ich mir gedacht, ja was brauch ich denn dann den großen Coup überhaupt – den großen Coup kann ich mir dann glatt ersparen!

Das war die Erleuchtung. Und diese Erleuchtung war verbunden mit einer ungeheuren Erleichterung. Ihm ist eine schwere Last vom Herzen gefallen. Glasl hat aufgeatmet. Kommt eh der Komet! Was für andere eine Schreckensvision gewesen sein mag, war für ihn eine frohe Botschaft.

Und eines war interessant: Offenbar ist es nicht nur ihm so gegangen. Eine ganze Menge Leut haben sein Gerede vom Kometen anscheinend gern gehört. So mancher hat ihn auf ein Viertel eingeladen, damit er ausführlicher vom Kometen erzählt. So ist er nach und nach zu einer Art von Propheten des Kometen geworden.

Ja, dem Kometen hat er viel zu verdanken. Durch den Kometen hat für ihn ein neues Leben begonnen. Zwar, wenn man an den Kometen glaubt, ein befristetes Leben. Aber ein schönes Leben. Sogar unter die Intellektuellen ist er durch den Kometen geraten.

Auf dem Flohmarkt, erzählt er, hat er nämlich

einmal ein paar so schwindlige Typen angesprochen. Kann schon sein, hat er gesagt, daß noch zwei, drei Kometen mehr oder weniger unbemerkt an der Erd vorbeisausen, aber der ultimative Komet kommt bestimmt. Und dieser Komet wird *Glasl* heißen, weil den hab ich berechnet. Wenn euch der auf eure obergescheiten Eierschädeln fallt, habts ihr nix mehr zu lachen!

Natürlich haben sie da erst recht gelacht. Sie haben ihn auf die Schultern geschlagen und in ihr Stammlokal mitgenommen. Kommt eh der Komet! hat er dort gleich beim Eintritt gegrölt. Das ist geradezu einmalig angekommen.

Ich hab die Sach nämlich schon lang heraus, hat er gesagt. Das Astralfeuer des Sonnenzirkels ist in der goldenen Zahl des Urions von dem Sternbild des Planetensystems in das Universum der Parallaxe mittelst des Fixsternquadranten in die Ellipse der Ekliptik geraten. Folglich muß durch die Diagonale der Approximation der perpendikulären Zirkeln mein Komet mit der Welt zusammenstoßen. – Davon war das Publikum in dem Lokal ganz begeistert.

Meine Damen & Herren, hat er gesagt, diese Berechnung ist so klar wie Schuhwix. Freilich hat nicht jeder die Wissenschaft so im kleinen Finger wie ich. Aber auch der minder Gebildete kann alle Tag Sachen genug bemerken, welche deutlich beweisen, daß die Welt nicht mehr lang steht. Oben & unten sieht man, es geht rein auf den Untergang los.

Hier könnte Glasl ein Couplet singen, etwa des

Inhalts, daß oben, am Sternenhimmel, keine Ordnung mehr sei, und daß daher auch unten, auf der Erde, keine mehr sein könne, frei nach Nestroy und Hermes Trismegistos, was durch Beispiele zu beweisen wäre. Aber er wird von zwei Herren unterbrochen, die ihm schon die längste Zeit aufmerksam zuhören. Entschuldigung, sagen sie, wie war das mit der Ellipse der Ekliptik und der Diagonale der Approximation? – Gestatten Sie, daß wir uns vorstellen, Johannes Kepler, Albert Einstein. Wir sind sehr interessiert an ihren Berechnungen.

Was nämlich die Planetenbahnen betrifft, sagt Kepler, so habe ich, worauf ich in aller Bescheidenheit hinweisen darf, einen nicht unerheblichen Beitrag zur Bestimmung ihrer Gesetzmäßigkeit geleistet. Doch mit den Kometen ist das weit weniger einfach. So viel ist klar, daß auch sie auf Kegelschnittlinien durchs All sausen. Aber die Berechnung von parabolischen oder gar hyperbolischen Bahnen ist eine knifflige Sache.

Parabeln gehen ja noch – ein Komet taucht auf der einen Seite aus dem Unendlichen auf und verschwindet auf der anderen Seite wieder ins Unendliche. Aber Hyperbeln: Ich bitt Sie, Kollege, Hyperbeln! – Jaja, sagt Einstein, Hyperbeln sind hinterhältig. Es wäre zum Beispiel denkbar, daß sich ein Komet am *einen* Hyperbelast, links vorne, nur scheinbar ins Unendliche verabschiedet und unversehens vom *anderen*, rechts hinten, wieder daherkommt.

Mit einem Wort: Bei Kometen kann man nie wissen. Auch wahrsteinlichkeitstheoretisch, so Kepler, schon etwas schwerzüngig, kann man sie kaum in den Griff kriegen. – Daß die Erde von einem Kometen getroffen wird, so Einstein – und sein Zungenschlag ist auch nicht von schlechten Eltern – ist allerdings gar nicht so unwahrsteinlich. Jedenfalls ist es wahrsteinlicher, als daß (er sucht und findet ein Exempel) als daß zum Beispiel ihr drei, so wie ihr hier tritzt und sinkt, morgen einen Treffer in der Lotterie macht.

Das ist tatsächlich sehr unwahrscheinlich, sagt Scheck. Vor allem – und das schränkt die Wahrscheinlichkeit wahrscheinlich extrem ein – haben wir gar kein Los gekauft.

Ist ja auch nur ein Speispiel gewesen, sagt Einstein. Aber die Möglichkeit, daß ihr doch noch eins kauft, darf man schahrweinlichkeitshäretisch auch nicht vernachlässigen.

Wie dem auch sei, die Herren verstehen sich, je weiter der Abend fortschreitet, immer besser.

Sie trinken auf den Kometen und singen, einer Anregung Glasls folgend, das schöne alte Lied von Eduard & Kunigunde.

Text & Musik Karl Knieriem. Nach einer Rittergeschichte frei bearbeitet.

Schauts mir alle aufs Maul und singts alle mit mir zugleich.

Eduard & Kunigunde, singen sie,
Kunigunde & Eduard,
Eduard & Kunigunde,

Kunigunde & Eduard,
und das ist wirklich einzig.

Ja, ordentlich rührend, finden Kepler & Einstein.

Nur der Wirt möchte eigentlich lieber das MODERN JAZZ QUARTETT hören.

Und ohnedies, fällt ihm ein, ist schon die längste Zeit Sperrstunde.

So wäre der nächste Szenenwechsel fällig.

Fragt sich, wohin. Wo verbringen die drei die Nacht?

Der Abend ist lau. Man kann durchaus im Freien lagern.

Kepler & Einstein empfehlen den ROSENGARTEN.

Das ist eine kleine, städtische Parkanlage.

Vom Fischerviertel ein Stück stromabwärts gelegen.

Auf der Krone der Staufenmauer geht ihr immer geradeaus bis zur Herdbrücke.

Und dann dürft ihr nicht den Weg direkt am Ufer nehmen, sondern müßt euch etwas links halten.

Ach ja, und das ist dann wirklich ein schöner Platz.

Auf einer Terrasse etwas über der Donau.

Gegen die noch eine Etage höher gelegene Stadt diskret abgemauert.

So schön, daß mans kaum übers Herz bringt, gleich einzuschlafen.

Scheck dreht einen Joint. Dann sitzt man und raucht und schaut.

Dann sitzt man und raucht und lauscht ins mondhelle Dunkel.

Von Grillen umzirpt. Von städtischen Rosen umduftet.

Wäre doch schad, sagt Scheck, wenn aufs Jahr wirklich die Welt unterginge.

Ja, sagt Glasl, das schon, aber mein Komet ...

Jetzt gib einmal Ruh damit, sagt Scheck. Das kann ich schon nicht mehr hören!

Unten am Fluß schnattert eine Ente im Schlaf.

Was meinst denn *du* dazu? fragt Scheck, den Joint an Kuli weiterreichend.

Nun, ob ein Komet kommt, das kann Kuli nicht sagen. Aber daß uns so etwas wie ein Weltende bevorsteht, das Gefühl hat er manchmal auch. – Du nicht? fragt er Scheck. – Scheck zuckt unwillig die Achseln. Ihm sind schon die immer wiederkehrenden Gedanken an ein individuelles Ende unangenehm genug, also erst recht die an ein Weltende.

Das wär ja die Sterbevereinsmeierei zur Potenz! Der große Finalsieg der Sterbevereinsmeierei! Das will er nicht wahrhaben, Scheck, das darf doch nicht wahr sein! Nein, das verweigert er. Mit dieser Vorstellung will er sich gar nicht weiter beschäftigen.

Hingegen ist Kulis Umgang mit solchen Themen frivol. Wir werden wahrscheinlich keinen Kometen brauchen. Sagt er und freut sich über die Formulierung. *Zynismus ist ein Anwendungsfall von Ironie* – wo hat er diesen Satz bloß gelesen?

Trifft uns nicht der Komet, detoniert eine Bombe. Detoniert keine Bombe, so explodiert vielleicht ein AKW. Aber wahrscheinlich geht alles banaler zu End. Die Abgase und die Sprays, also mit einem Wort der Dreck, den wir selber verursachen, und die Sauberkeit, die wir uns gegenseitig vorzutäuschen versuchen, werden genügen.

Außerdem muß ja nicht gleich die ganze Welt untergehen, wenn man so ein Gefühl hat. Ich glaube, die halbe Welt, sagt er, würde es auch tun. Die alten Römer, die haben die längste Zeit so ein Gefühl gehabt, und die Welt steht noch immer. Allerdings ohne das alte Rom. Denn für das alte Rom war damals Feierabend.

Na schön, kann schon sein, daß es *uns* jetzt ähnlich ergeht. Na und? Was haben die alten Römer gemacht, als sie das im Urin gespürt haben, schon beim Aufstehen in der Früh (und in der Früh, das war bei den alten Römern bekanntlich am späten Nachmittag), daß ihr Ruin knapp bevorsteht? – Nun, die einen sind auf die feschen Germanen gestanden, die früher aufgesprungen sind und sich kalt im reißenden Fluß gewaschen haben, und mit dieser wilden Frische haben sie dann das Römische Reich ruiniert, die andern auf die griechische Philosophie, weil es halt so viel schön ist, die Eule der Minerva flattern zu lassen in der Dämmerung, und die dritten auf asiatischen Firlefanz, von dem sie zwar einen Schmarrn verstanden haben, aber *daß* sie einen Schmarrn davon verstanden haben, gerade das ist ihnen besonders interessant erschienen –

die Gescheitesten aber, und von denen können wir etwas lernen, haben sich gesagt, Kinder, so jung kommen wir nimmermehr zsamm, man muß alles einmal erlebt haben, lustig geht die Welt zugrund! Laßt uns den Feierabend feiern, solang wir noch können.

Er weiß das, sagt Kuli. Er hat lang genug studiert.

Philosophie, ja. Juristerei und Medizin, nein, aber tatsächlich sogar ein paar Semester Theologie mit mehr oder minder heißem Bemühen.

Beinah ist er Doktor. Auch wenn man es ihm nicht ansieht.

Und jetzt? Ist er gescheiter als vorher? Oder ist er gescheitert?

In seinen Hirnkasten, sagt er, hat er jedenfalls alles mögliche und unmögliche hineingestopft.

Sein Hirnkasten, sagt er, ist eine Art von Zettelkasten.

Weiß Gott, weiß der Teufel, was alles auf den darin enthaltenen Zetteln draufsteht.

Aber das klügste, was man mit solchen Zetteln machen kann, ist, sie zu Flugzeugen zu falten und segeln zu lassen.

Und zwar am besten hinter den Mädchen her.

Er war Doktorand. Er war im 35. Semester.

Tagaus tagein ist er in der Bibliothek gesessen und hat an seiner Dissertation gearbeitet.

Über das Faustische und das Don Juanistische in Philosophie, Literatur und Kunst des 18., 19. und 20. Jahrhunderts.

Worum es ihm gegangen ist, das war eine Annäherung dieser beiden Haltungen. Nämlich des Faustischen und des Don Juanistischen. Faust geht es um Erkenntnis. Don Juan geht es aber auch um Erkenntnis. Im biblischen Sinne, wenn ihr versteht, was ich meine.

Allerdings haben wir bei Don Juan eine Überbetonung der Quantität. Hingegen bei Faust eine Überbetonung der Qualität. Die Frage ist, kann die don juanistische Quantität in faustische Qualität umschlagen? Über den von ihm entwickelten Begriff des faustischen Ficks ist Kuli mit seinem Professor in Streit geraten.

Außerdem ist ihm die Diskrepanz zwischen seinem Theorieüberschuß und seinem Praxisdefizit immer deutlicher geworden. Was schaut ihr zwei mich so an? Fragt ihr euch, worauf das hinausläuft? – Ganz einfach: Eines Tages hat er die Bücher, über denen er gearbeitet hat, zugeklappt und ist aus der Bibliothek hinaus ins Freie gelaufen. Und draußen war Frühling. Und die Sonne hat geschienen. Und die Mädchen haben kurze Röcke getragen.

So würde Kuli erzählen. Von Glühwürmchen umglimmert.

Das sind übrigens interessante Tiere. Und wißt ihr, warum?

Na warum schon? Weil sie halt glühen, sagt Glasl.

Ja, aber warum glühen oder genauer phosphoreszieren sie? – Sie glühen bzw. phosphoreszieren bei geschlechtlicher Erregung oder – dezenter ausgedrückt – auf Partnersuche.

Glasl lacht. Das wär eine schöne Bescherung! Wenn ich mir vorstelle, wie du glühen würdest!

Kuli lacht auch. Das würde ihm durchaus gefallen.

Jedenfalls ist so ein Glühwürmchen, im richtigen Licht betrachtet, ein Lichtträger.

Und jetzt möchte er weiter ausholen und über Luzifer philosophieren, der doch ursprünglich eine positive Figur war. Und über den Jüngling Phosphorus und den Lichtbringer Prometheus. Das alles in Assoziation zum Geglimmer der Glühwürmchen. Doch Scheck unterbricht ihn. Er sieht etwas anderes glimmern.

Wo?

Na da vorn, auf dem Boden, sagt er. Was ist das?

Glasl hält es für einen Flaschenverschluß.

Nein, dazu ist das im Mondlicht glitzernde Ding zu groß.

Ein Geldstück! – Auch noch als ausgestiegener Bankangestellter hat Scheck einen Blick für so was.

Und schon ist er dort und hat es aufgehoben.

Fünf Mark. Die Münze liegt auf seiner flachen Hand.

Was machen wir jetzt damit?

Versaufen, sagt Glasl.

Ins Wasser schmeißen, sagt Kuli.

Scheck schüttelt den Kopf. – Aber wer wird denn fünf Mark einfach ins Wasser schmeißen?

Wir, sagt Kuli. Gib her, wenn *dus* nicht kannst. *Ich* tus!

Nein, sagt Scheck und schließt seine Faust darüber.

Vielleicht bringen sie ja Glück, sagt Glasl. Du mußt nur draufspucken.

Genau! sagt Scheck. – Wißt ihr, was wir mit diesen fünf Mark machen? Dafür kaufen wir uns morgen ein Lotterielos!

Bei Nestroy erscheint in der Nacht noch die Fee Fortuna.

Aus ihrem Füllhorn gießt sie den Traum mit der glücksbringenden Zahl über die drei Kumpane.

So träumen sie alle drei die nämliche Nummer.

So ein Zufall! Also das kann ja eigentlich gar kein Zufall sein!

Aber das Feenreich existiert nicht mehr.

Also werden die drei auf die freundliche Hilfe der Fee Fortuna verzichten müssen.

Und können es auch. Sie haben nämlich ein Schicksal.

Und mit der selben Unausweichlichkeit, mit der sie nach Ulm gekommen sind, müssen sie auch in der Lotterie gewinnen.

Nein, es muß nicht gerade ein Haupttreffer sein.

Es muß auch nicht die große Lotterie sein, in der sie gewinnen – den Riesenjackpot in 6 aus 45 knacken ganz andere.

Eine mittlere Lottogesellschaft genügt.

Und ein mittlerer Treffer. Sagen wir eine schlichte Million D-Mark.

Am nächsten Morgen führt sie der Geist in die Fußgeherzone.

Und dort – ja, vielleicht erlaubt er sich diesen

kleinen Scherz – mag er kurz die Gestalt des schon von Nestroy strapazierten Hausierers annehmen.

Kaufen die Herren Gürtel, Brieftaschen, Pfeifen, Zigarren, Lotterielose hab ich auch.

Probieren Sie Ihr Glück! So nimmt das Unglück seinen Lauf.

Wie die Geschichte weitergehen könnte

1

Jetzt sagts mir aber, Kameraden, was fangen wir mit unserm Reichtum an?

So Leim. Schecks Vorfahr bei Nestroy. Und er hat auch schon seinen Plan –:

Gleich morgen reist er nach Wien. Findet er seine Peppi noch ledig, so ist er der glücklichste Mensch auf der Welt.

Ist sie hingegen verheiratet, so nützt ihm sein ganzer Reichtum nichts, da geht er dann nach Haus, baut ein Spital für unglückliche Tischlergesellen, legt sich zuallererst selbst hinein und stirbt drin.

Scheck geht es ähnlich. Natürlich. Was soll er tun?

Nur wenige Stunden später sitzt er bereits im Eurocity-Expreß MOZART.

Ab Ulm 14 Uhr 56, an Wien Westbahnhof 21 Uhr 05.

Kaum hat er das Geld, hat er schon seine Richtung geändert.

Nein, nicht des Geldes, sondern der Peppi wegen.

Geld ist nur Schein, hat Kuli gesagt, und damit hat er wahrscheinlich recht.

Aber die Peppi, die Peppi ist Wirklichkeit.

Man wird sehen, welche Wirkung der Schein auf die Wirklichkeit ausübt.

Im Zug also fährt er, der Scheck. Das Autostoppfahren ist ihm jetzt zu riskant.

Mit dem Gewinn im Seesack. Immerhin dreihundertdreiunddreißigtausend Mark und dreiunddreißig Pfennig.

Wenn man bedenkt, was so alles passiert beim Trampen …

Er ist jetzt ein wertvoller Scheck. Er muß auf sich aufpassen.

Denkt Scheck. Im Zug (Eurocity-Expreß Nr. 65).

Geld mag nur Schein sein, aber so viele Scheine, gebündelt und aufeinander gestapelt, haben schon ihr Gewicht.

Wollen Sie das wirklich alles bar? haben ihn die freundlichen, aber auf Grund seines Ansinnens doch etwas genervt wirkenden Menschen bei der Lottogesellschaft gefragt.

Na klar in bar, hat er darauf geantwortet, so wahr ich Scheck heiße.

Denn ohne Bargeld wär alles nur halb so schön.

Scheck stellt sich schon vor, wie er den übervollen Seesack vor Peppi ausleert.

Oh süßer Augenblick! Augenblick des Triumphs!

Nur nicht vergessen darf er, vorher die Schmutzwäsche herauszunehmen.

Scheck sitzt also im Zug. Im Speisewagen. Den Seesack hat er unter den Sitz gestopft, damit ihn der Kellner nicht abweist. Seine Füße stehen darauf. So haben die Knie unter der Tischplatte kaum Platz. Aber was soll man machen? So einen teuren Seesack kann man doch nicht einfach im Abteil zurücklassen!

Es geht jetzt darum, mit dem Seesack nach Haus zu kommen.

Nach Haus? Wieso denkt er nach Haus? – Naja, dorthin, wo er halt hingehört.

Aber *gehört* er dort hin? Nach Wien? Und zur Peppi?

Gewisse Zweifel, die ihm nach wie vor aufsteigen, spült er mit Sekt hinunter.

Sonst nicht seine Art, im Zug sitzend Sekt zu trinken. Sekt trinkt er ansonsten bestenfalls zu Silvester. *Wenn* er was trinkt. Meist läßt er sich nicht einmal zum Jahreswechsel zu so etwas verführen. Aber wenn man einen Lotterietreffer gemacht hat, darf man schon ein bißchen über die Schnur hauen, oder?

Auch wenn es sich genaugenommen nur um ein Drittel des Haupttreffers handelt. Dreihundertdreiunddreißigtausend Mark und dreiunddreißig Pfennig – wieviel ist das in Schilling? Draußen fährt die Landschaft vorbei. Eigentlich eine hübsche Gegend. Doch Scheck beachtet sie kaum. Scheck denkt an seine Peppi.

Wie sie sich freuen wird! – Aber *wird* sie sich freuen? ... Na, auf jeden Fall wird sie Augen machen ... Hoffentlich hat sie dem Saldo inzwischen keine allzu schönen Augen gemacht ... Aber der Saldo ist jetzt keine Konkurrenz mehr!

Jetzt, da Scheck reich ist ... Naja, reich – natürlich ist alles relativ ... In Schillingen immerhin ist er Millionär ... Millionär zu sein ist allerdings auch nicht mehr das, was es angeblich einmal war ... Immerhin ein ganz hübsches Grundkapital für eine ordentliche Haushalts- & Familiengründung.

Denkt er. Denkt Scheck im Speisewagen. Beim Sekt.

Geht die Fahrt durch einen Tunnel, so sieht er sein Spiegelbild in der getönten Fensterscheibe.

Hat er wirklich: ordentliche Haushalts- & Familiengründung: gedacht?

Wirklich, das hat er. Aber anders, steht zu befürchten, wird er seine Peppi nicht bekommen.

Und dabei könnte er jetzt, mit dem relativ vielen Geld, erst recht ... Aber was hilft ihm das? Er liebt seine Peppi ... In Indien könnte er damit wahrscheinlich an die zehn Jahre ... Doch da müßte er seine Peppi vergessen.

Und kann es doch nicht. Wie sich eben wieder erweist.

Ununterbrochen muß er an Peppi denken.

Er schaut auf die Uhr. In der Bank, denkt er, haben sie jetzt gerade Schluß gemacht.

Akkurat in diesem Augenblick geht Peppi durchs Foyer zum Ausgang.

In dem Kostüm, das sie in der Bank meistens trägt, wirkt sie zwar, ehrlich gesagt, etwas zu unscheinbar und brav, aber er kennt sie ja auch anders. Jeans passen ihr gut. Auch freut ihn ihr Anblick in T-Shirts. Besonders wenn sie keinen BH darunter trägt. Scheck hat ein Faible fürs Natürliche. Wenn es nach ihm ginge, könnte sie auch auf Wimperntusche und Lippenstift verzichten.

Er *sieht* sie nicht nur vor sich, sondern *hört* sie auch. Ihre Stimme, wie sie sich vom Filialleiter verabschiedet. Und ihre Schritte auf dem Steinboden, das pferdchenhafte Klippklapp ihrer Schuhstöckel. Wenn sie *ihn* fragt, sollte sie lieber flache Schuhe tragen – aber man muß zugeben, daß dieses Geräusch einen ganz eigenen Reiz hat.

Er hört also, wie sie sich vom Filialleiter verabschiedet und natürlich von den Kollegen. Tschüs. Auf Morgen. – Aber verabschiedet sie sich wirklich von allen? – Steht da nicht Saldo am Ausgang, schon auf sie wartend? – Und reicht er ihr nicht den Arm, damit sie sich einhängt?

Und *wie* er das tut! – Am liebsten möchte ihn Scheck aus der Entfernung dafür ohrfeigen. – Nicht nur den Arm, sondern gleich den ganzen langen Lulatsch-Körper abgewinkelt. – Scheck möchte ihn nicht nur ohrfeigen, sondern auch in den Stockerlhintern treten. – Aber Saldo merkt nicht nur nichts davon, sondern lächelt noch dazu süffisant – die Entfernung, aus der Scheck seine Aggressionswellen gegen ihn losläßt, ist einfach noch zu groß.

Wie langsam der Zug fährt! Und so etwas nennt sich Eurocity-Expreß ... Jetzt steht er sogar auf der Strecke! Und dafür bezahlt man das viele Fahrgeld! ... Wenn man bedenkt, was inzwischen alles passieren kann! ... Aber womöglich – – – ist es schon längst passiert?!

Scheck nimmt einen allzu plötzlichen Schluck und verkutzt sich. – Zwar ist seine Peppi keine, die gleich am zweiten Tag mit einer neuen Bekanntschaft ins Bett hüpft ... Doch das mit dem Saldo läuft ja vielleicht schon zwei Wochen ... Genau vierzehn Tage ist es jedenfalls her, daß Scheck mit der U-Bahn hinaus zur Endstation Hütteldorf gefahren ist und sich mit in die Ferne weisendem Daumen an den Rand der westlichen Ausfahrtstraße gestellt hat.

Wohl hat er ihr gleich aus Linz eine Karte geschickt. Ich liebe Dich, Peppi, auch wenn ich jetzt vor Dir davonfahre, werde ich Dich immer lieben! Aber wer weiß, hat die Karte noch etwas genützt. Vielleicht, ja wahrscheinlich, ist es trotzdem passiert, und wenn es ihm zu Fleiß passiert ist.

Daß nämlich die Peppi wirklich was am Saldo findet, will Scheck einfach nicht glauben ... Dieser Saldo im Bett, das ist doch eine geradezu lächerliche Vorstellung! ... Einmal hat er den Saldo im Schwimmbad gesehen ... Er kann sich nicht denken, daß der *ohne* Badehose besser aussieht.

Es mag allerdings sein, daß sich eine Frau auch gegen ihre Neigung und gegen ihren guten Geschmack zu etwas hinreißen läßt. Besonders, wenn sie eine Wut im Bauch hat – dann ist diese Wut ja nicht sehr weit von den anders erregbaren Partien entfernt. Wenn Scheck sich das ausmalt, verspürt er seinerseits eine für sein mildes Temperament geradezu wilde Wut im Bauch. Und dann denkt er, daß er *doch* mit dem Mädchen hätte schlafen sollen, das ihn – er weiß gar nicht, wie das zugegangen ist – im Englischen Garten in München so lieb angeschaut hat, daß er beschlossen hat, zwei drei Tage zu bleiben (eigentlich ist dieses München doch eine ganz schöne Stadt!) und seinen Flug ab Frankfurt erst eine Woche später anzutreten.

Blöd, wie er war, ist er nur mit ihr ins Museum und ins Kino und erst am letzten Tag harmlos tanzen gegangen.

Naja, um ehrlich zu sein, ganz so harmlos war es auch wieder nicht, sie hat sich ganz schön an ihn geschmiegt.

Kommst du noch mit zu mir, hat sie gefragt, nein, ich kann nicht mit dir kommen, hat er gesagt, so gern ich es auch möcht.

Schade, hat sie gesagt. Meine Katze hätte sich gefreut, dich kennenzulernen. Und ich hab ein gutes Müsli zum Frühstück.

Wirklich schade. Scheck hat was übrig für Müsli. Aber was hilft das alles? Er liebt seine Peppi. Auch wenn sie inzwischen vielleicht aus Wut und Verzweiflung ... Mit diesem Saldo, mit dem er, Scheck, gegebenenfalls noch eine Rechnung begleichen wird, kann es ihr doch unmöglich gefallen haben!

Du brauchst mir nichts zu erzählen, wird er sagen, ich will gar nichts wissen. Ich kann mir ja ohnehin denken, wie das war. Was ich nicht weiß, macht mich nicht heiß, wird er sagen, einmal ist keinmal. Ich liebe dich trotzdem. Also vergessen wirs. Ich habe dir schon verziehen.

Kuli säße inzwischen im Gegenzug.

Er hat überhaupt keinen Grund zurückzukehren.

Im Gegenteil. Er wird die einmal eingeschlagene Richtung beibehalten.

Ich werde, sagt sein Vorläufer Zwirn, von nun an mehr Don Juan sein als Schneider.

Bei Kuli, dem Nachfahren, war von irgendeinem Handwerk nie die Rede.

Nur von Kopfwerk. Und natürlich von Schwanzwerk.

Kein Widerspruch. Jedenfalls nicht beim don juanistischen Typ.

Ist seine prädominante Passion geistiger oder sexueller Natur? – Das eine dürfte das andere nicht ausschließen.

Der Gegenzug heißt übrigens ebenfalls MOZART.

Eurocity-Expreß Nr. 64.

In Ulm hat er um 15 Uhr 03 gehalten, in Kehl, an der Grenze, wird er um 17 Uhr 57 abfahren.

20 nach 10 wird er auf der Gare de l'Est in Paris sein.

Kuli hat ein Coupé erster Klasse für sich. Da sitzt er. Bei zugezogenen Türvorhängen. Im Nichtraucherabteil rauchend. Zigarre im Mund. Die Füße mit den vom Trampen immer noch dreckigen Stiefeln auf der gegenüberliegenden Sitzbank.

Den Schaffner, der bei seinem Anblick die Zähne gebleckt hat wie ein Nußknacker, hat er mit einem der Fahrkarte beigelegten Hundertmarkschein besänftigt.

Oder war es ein *Tausend*markschein? Schon möglich.

Jedenfalls war der Nußknacker nachher sehr freundlich.

Ob er noch etwas für den Herrn tun könne? Ja,

hat Kuli gesagt, sorgen Sie gefälligst dafür, daß ich nicht mehr gestört werde.

Jetzt rollt das Abteil mit Kuli allein durch die Landschaft. Angenehm leise und kühl. Da sitzt man entspannt. Da kann man sich locker der Lektüre widmen. Kierkegaard, Nietzsche, Camus und ein Querschnitt der auf dem Ulmer Bahnhof erhältlichen Pornohefte stehen zur Auswahl.

Mein Auge, liest er zum Beispiel, *wird nie müde, über diese peripherische Mannigfaltigkeit, über diese ausgestreuten Emanationen weiblicher Schönheit zu gleiten.*

Oder: *Nicht wenige, die ihren Teufel austreiben wollten, fuhren dabei selber in die Säue.*

Oder: *Genügte es einfach zu lieben, so wären die Dinge zu simpel. Je mehr man liebt, umso mehr festigt sich das Absurde.*

Genau, denkt Kuli. Er fühlt sich durch all das bestätigt. Ihm geht es gut. Er sitzt im Zug nach Paris. Und dieses Paris ist ein alter Traum von ihm. Und zwar, bitteschön, nicht nur aus erotischen, sondern auch aus philosophischen, literarischen, künstlerischen Gründen; diese und jene liegen bei ihm eng beieinander.

Er ist älter, als er manchmal selbst glaubt – in den ersten Semestern seines Endlosstudiums war noch der Existentialismus in Mode.

Im schwarzen Rollkragenpullover, trotzigen Fatalismus im Hängeaug, ist er durch die Straßen gestreunt.

Die Zigarette (Johnny Filter – Gauloises hat es damals in Wien noch kaum gegeben) hat er sich in den Mundwinkel geklebt wie Jean Paul Sartre.

Und die Frauen, mit denen er damals am liebsten zusammengekommen wäre, hätten alle ungefähr so aussehen sollen wie Juliette Gréco –:

Fließendes Nixenhaar, Augen voll verführerischer Melancholie. Dieser gleichzeitig vielversprechende und illusionslose Mund. Der Mensch ist zum Tode verurteilt, mon ami, darüber wollen wir uns nichts vormachen. Darum laß uns diese Nacht so leben & lieben, chéri, als wäre sie die letzte.

Leider sind ihm nicht allzuviele Frauen dieser Art über den Weg gelaufen.

Und wenn sie ihm über den Weg gelaufen sind, dann hat er sie nicht angesprochen.

Es war so schwer, im richtigen Augenblick die richtigen Worte zu finden.

Aber vielleicht wäre das in Paris und auf französisch anders gewesen.

Jedenfalls hat er das damals oft phantasiert. Daß er nicht durch die Straßen von Wien, sondern durch die Straßen von Paris streunt. In diesen Phantasien hat es ausgesehen wie in den berühmten französischen Filmen dieser Jahre –: Schwarzweiß, meistens hat es geregnet, aber alles war irgendwie existentiell umwittert und faszinierend.

Und die Frauen! Natürlich, die Frauen waren anders. In seinen Träumen gab es nicht nur solche, die Juliette Gréco, sondern auch solche, die Brigitte Bardot oder Cathérine Deneuve ähnelten. Paris! Paris! – Was hätte er damals dafür gegeben, in Paris statt in Wien zu leben! Doch nur ein einziges Mal während seiner ganzen Studienzeit ist er hingekommen, und da war alles sehr teuer, und er konnte sich, obwohl er in einer Jugendherberge geschlafen hat, nur ganz wenige Tage leisten.

Aber jetzt, denkt Kuli, jetzt wird das anders.

Zwar sind Camus und Sartre tot, Prévert, Picasso, Chagall, Beckett weilen nicht mehr unter den Lebenden, und die Gréco, die Bardot, die Deneuve sind leider auch nicht mehr die Jüngsten –

Doch Kuli lebt noch und fühlt sich ganz gut in Form.

Und außerdem hat er jetzt Geld. Ein entscheidender Vorteil.

Dieses Mal wird sich Kuli nichts abgehen lassen.

Zu so etwas ist Geld gut. Auch wenn man es sonst verachtet.

Er wird das Leben und das Geld in Paris auskosten bis zur Neige.

Wart nur, Paris, ich komme! Und wenn ich gehe, wird es mir ein einziger, fortgesetzter Orgasmus gewesen sein.

Scheck hat noch eine Flasche Sekt bestellt.

Die trinkt er auf Peppi. Gleich wenn er ankommt, wird er zu ihr hinfahren.

Fragt sich allerdings, ob man um diese Zeit noch einen Besuch machen kann.

Die Peppi wohnt ja noch immer im Schoß der Familie.

Und dieser Schoß ist ein ziemlich verklemmter Schoß.

Nicht darauf eingerichtet, so spät zu empfangen.

21 Uhr 05 Wien Westbahnhof, vorausgesetzt, daß der Zug keine Verspätung hat.

Selbst wenn er ein Taxi nimmt, wird Scheck kaum vor halb zehn vor Peppis Haustor stehen können.

In der Hand einen duftenden Blumenstrauß. Ja, einen Blumenstrauß muß er auf dem Bahnhof auch noch kaufen. Einen extra großen Strauß roter Rosen. Oder wären gelbe mit roten gemischt in diesem Fall angebrachter?

Sags durch die Blume: Peppi, ich bin schon ganz gelb vor Eifersucht. Aber meine Liebe zu dir ist rot, röter, am rötesten. Und weil das so ist, darum bin ich zurückgekehrt. Hier steh ich und kann nicht anders. Nebenbei erwähnt, hab ich einen Haufen Geld gewonnen.

So ein Auftritt hätte sicher Effekt. Aber um diesen Effekt zu erzielen, müßte Scheck erst einmal ins Haus kommen. Wenn er den Klingelknopf an der Gegensprechanlage betätigt – wird man ihm überhaupt aufmachen? Wer ist da? wird Peppis Vater fragen, mit seiner immer etwas mißtrauischen, immer etwas ungehaltenen Stimme, und: Ich bins, Scheck, wird Scheck antworten, verzeihen Sie die Störung um diese späte Stunde, aber ich möchte um die Hand Ihrer Tochter anhalten.

Nein, vielleicht würde das doch nicht so gut gehen, wer weiß –

Der Herr Hobelmann oben, schon im Pyjama, die Frau Hobelmann, bereits im Nachthemd, hinter ihm, beide hinter ihren zahlreichen Sicherheits-Schlössern & Riegeln –

Wenn sie nicht gerade dabei wären, ins Bett zu gehen, so säßen sie aller Wahrscheinlichkeit nach gerade vor dem Fernseher –

Und wenn die Sendung TATORT läuft oder gar der MUSIKANTENSTADEL, also da will man bestimmt nicht gerne gestört werden.

Vielleicht ist es besser, vorher anzurufen.

Hallo, wer spricht? Ja, guten Abend, hier spricht Scheck; kann ich bitte Ihre Tochter sprechen, bitte?

Doch was, wenn sie gar nicht da ist? Entsetzlicher Verdacht!

Nein, tut mir leid, unsere Tochter kommt heute erst später, sie ist mit ihrem Bräutigam, dem Herrn Saldo, ausgegangen.

Wenn Scheck sich das vorstellt, wird ihm ganz flau im Magen.

Ausgegangen. Aha! So nennt man das also.

Mit dem Herrn Saldo: Ihrem Bräutigam.

Da schmeckt ihm das zweite Fläschchen Sekt gar nicht mehr, und er verlangt die Rechnung.

Nein, denkt er, nein, mit so einer Information will er gar nicht konfrontiert werden. Gar nicht auseinandersetzen will er sich mit so einem Inkubus. Wenn er sich darauf einläßt, wird er schlecht schlafen. Und wenn er nicht schlecht schläft, wird er die ganze Nacht kein Auge zumachen.

Und dabei ist er jetzt schon rechtschaffen müde. Oder auch nicht rechtschaffen: Eine Müdigkeit drückt auf seine Schläfen, die ist direkt suspekt. Wahrscheinlich liegt sie an den Umständen – schließlich macht man nicht alle Tage einen Millionentreffer. Er zahlt, zerrt den Seesack unter dem

Sitz hervor und wankt mit brummendem Kopf ins Abteil zurück.

Aber Glasl? Was treibt Glasl inzwischen?

Er ist nach wie vor in Ulm. Dieses Ulm, muß er sagen, gefällt ihm ganz gut.

Nicht nur, weil er hier einen Lotterietreffer gemacht hat, das ist eigentlich nebensächlich.

Aber Kepler & Einstein haben ihm erzählt, daß Ulm, laut Statistik, die Stadt mit den meisten Lokalen in Deutschland ist, jedenfalls pro Einwohnerkopf gerechnet.

In so einer Stadt ist für Glasl gut sein & bleiben.

Ich hab keine andere Leidenschaft als die Astronomie, sagt sein Vorfahr Knieriem, drum gewöhnt er sich das Biersaufen jetzt ab und verlegt sich auf Wein.

Dieser etwas eigentümlichen Logik kann der Nachkomme durchaus was abgewinnen.

Aufs Jahr geht sowieso die Welt zugrund, da zieht er halt heuer noch von einem Wirtshaus zum anderen herum, und führt so ein zufriedenes, häusliches Leben.

Und dieses Ulm ist dazu keine schlechte Basis. Genauer: das Fischerviertel. Noch genauer: die ZILL und der WILDE MANN. Zwar ist es ein gutes Gefühl, daß theoretisch so viele Lokale zur Verfügung stehen. Doch praktisch hält sich Glasl ganz gern an Erprobtes.

Nicht, daß ihn ein paar andere Lokale nicht reizen würden. Das ZUNFTHAUS DER SCHIFFSLEUTE zum Beispiel oder der ALLGÄUER HOF oder die FORELLE.

Und nicht daß er befürchten würde, dort einfach hinausgeschmissen zu werden. So einfach, sagte er, ist das nicht mehr, schließlich ist er jetzt Millionär, und ein Millionär läßt sich nicht so einfach hinausschmeißen.

Aber wißt ihr, sagt er zu Kepler & Einstein, man muß nichts überstürzen. Zwar steht die Welt nicht mehr lang, aber ein Jahr hat immerhin 365 Tage. 8760 Stunden, sagt Kepler, also 525 600 Minuten. 525 600 Minuten, sagt Einstein, also 31 536 000 Sekunden.

Ja eben, sagt Glasl. Das ist es ja, was ich sage. Und das ist ja das Schöne, daß ich hier, in der ZILL, Leute treff, die mich verstehen. Sozusagen kongeniale Geister. Er hat gehofft, sagt er, Einstein & Kepler auch schon um diese relativ frühe Stunde hier zu treffen, und siehe da, die Hoffnung ist nicht zuschanden geworden.

Also, was er sagen will, sagt er, ist, daß er, samt dem Kometen, noch genug Zeit haben wird, die anderen Lokale durchzuprobieren.

Und vielleicht wird er sogar noch Zeit haben, ein bißchen um Ulm herum auszuschwärmen.

Erst ins Badische, dann ins Württembergische, das sind ja, hat er sich sagen lassen, sehr gute Weingegenden.

Und mit etwas Glück geht sich sogar das Fränkische noch aus, denn auch ein Komet kann sich zu guter Letzt verspäten.

Aber fürs erste ist er recht froh, daß er da ist. Prost Einstein, prost Kepler, wißts eh, ihr seids eingeladen. Und die ganze ZILL ist eingeladen, schließlich sitzen wir alle im selben Boot. Und nachher, wenn der WILDE MANN aufsperrt, ziehen wir hinüber und laden *dort* alle ein, die sollen auch was davon haben.

Scheck noch immer im Zug von Ulm nach Wien.

Er möchte gern schlafen, denn er ist hundemüde.

Aber er kann nicht. Sein Seesack ist voll mit Geld.

Mit dreihundertdreiunddreißigtausend Mark und dreiunddreißig Pfennig im Seesack *kann* man nicht einfach einschlafen.

Noch dazu, wenn ein verdächtiger Typ vis à vis sitzt. So ein verdächtiger Typ, der sich ganz solid gibt. Schütteres blondes oder brünettes Haar, blaue bis graue Augen. Bartloses Mondgesicht. Keine besonderen Kennzeichen.

Nichts an dem Typ ist auffallend. Alles ist durchschnittlich. Wenn er jetzt in Salzburg, wo der Zug gleich halten wird, aussteigt, wird ihn Scheck kaum näher beschreiben können. Aber das ist ja gerade das Raffinierte. Außerdem denkt der gar nicht daran, in Salzburg auszusteigen.

Nein. Er wartet. Worauf? Daß Scheck doch noch einschläft!

Er lächelt ihm sogar zu, um ihn zum Einschlafen zu ermuntern.

Und dann, wenn Scheck eingeschlafen ist, aller Voraussicht nach in Linz oder spätestens in St. Pölten …

Immer wieder sinkt Scheck das Kinn an die

Brust, aber seiner Peppi und ihrer gemeinsamen Zukunft zuliebe reißt er sich immer wieder zusammen.

Bis zur Ankunft in Wien ist er fix und fertig. Er kauft keine Rosen auf dem Bahnhof, bis morgen würden sie verwelken. Und heute abend, heute geht wirklich nichts mehr. Sein Kopf summt wie ein Bienenstock. Außerdem ist es schon 21 Uhr 45.

Zu spät für einen Anruf bei Familie Hobelmann, so viel steht fest.

Eine Zeitungsschlagzeile, die er im Vorbeigehen liest, behauptet sogar, daß es fünf vor zwölf ist.

Alles was recht ist, denkt Scheck, das ist übertrieben.

Aber wie die Haltegriffe in der halb leeren U-Bahn hin und her pendeln, das macht wirklich einen fast mitternächtlichen Eindruck.

Außerdem ist dicke Luft im Waggon. Ein mit unspezifischer Aggression aufgeladener Fatalismus, würde Kuli sagen, aber Kuli ist nicht da. Schade, denkt Scheck. Zwar hat ihm Kuli manchmal zu viel geredet. Aber hier, in dieser Grotten- oder Geisterbahn wäre Kulis redselige Anwesenheit direkt tröstlich.

Wie die Leute einander mit kaum verhohlener Antipathie anschweigen! Sagen sie trotzdem was, so trieft ihnen die Sprache wie Schleim aus dem Mund. Kein Wunder, denkt Scheck, daß so viele ihre Ohren mit Kopfhörern verschließen. Von der Musik, die sie von einem Ohr zum andern betäubt, hört man von außen nur die Bässe scheppern.

Das wird nicht anders gewesen sein, als Scheck weggefahren ist, aber jetzt, wo er zurückkehrt, fällt es ihm besonders auf. Und dabei war er bloß vierzehn Tage weg und ist nur bis Ulm gekommen. Und fühlt sich schon jetzt hier so wenig angeheimelt. Wie wäre das erst, wenn er tatsächlich bis nach Indien gekommen wäre?

Aber vielleicht, denkt er, aus der U-Bahn aussteigend, vielleicht liegt das daran, daß er so kaputt ist.

Daheim ist daheim, liest er auf einem vom Geist des Bürgermeisters inspirierten Plakat, na also, na bitte.

Wien bleibt Wien, und in dieser Stadt, bei allem, was man sonst Gutes oder Schlechtes über sie sagen mag, logiert seine Peppi.

Jetzt muß er nur darauf achten, daß ihm der Seesack nicht noch im letzten Moment abhanden kommt, *Wien darf nicht Chicago werden,* vielleicht ist es besser, nicht quer durch den dunklen Park, sondern außen herum zu gehen.

Kuli lustwandelt inzwischen schon an der Seine.

Zufrieden mit sich und der Welt, dochdoch, ihm gehts glänzend.

Der Taxler am Bahnhof war genau der Richtige.

Zwar hat er Kuli vorerst mit impertinenter Skepsis betrachtet, aber der hat diese Skepsis mit einem vorauseilenden Trinkgeld beseitigt.

100 Francs. Oder 1000? – Ist doch egal!

Die Summen unterscheiden sich nur durch Nullen.

Danach hat der Taxler ihn richtig eingeschätzt.

Monsieur l'artiste, hat er gesagt. Natürlich weiß ich das richtige Hotel für Sie.

Nämlich nicht *irgendeins*, sondern *das* Hotel.

L'HOTEL, in der Rue des Beaux Arts, eine schöne Adresse.

Mögen Sie lieber im Sterbezimmer Oscar Wildes oder im Bett der Mistinguett schlafen?

Mögen Sie aus dem Fenster schauen, aus dem Jim Morrison gesprungen ist (allerdings auf ein Autodach) oder lieber die (natürlich längst reparierte) Tür hinter sich schließen, die Mick Jagger eingetreten hat, als sich seine Freundin (war es noch Marianne Faithful oder schon Jerry Hall?) vor ihm verschanzen wollte?

Oh oui, L'HOTEL ist ganz nach Kulis Geschmack. Zwar ist das Morrison-Zimmer, das er bevorzugt hätte, für heute nicht mehr frei, aber morgen, hat ihm der ebenso elegante wie gewandte Maître an der Rezeption, von Kulis nun schon bewährter Methode, sich vorzustellen, auch nicht ganz unbeeindruckt, versprochen, morgen wird man sehen, was sich machen läßt. Eh bien, hat Kuli gesagt – ein Glück, daß er in der Mittelschule so gut französisch gelernt hat. Und nicht umsonst hat er dieses Französisch all die Jahre durch die Lektüre von Klassikern in der Originalfassung (DIE GESCHICHTE DER O zum Beispiel) gepflegt.

Wohl ist die Aussprache, mit der er natürlich weit weniger Praxis hat, noch etwas schwerzüngig, und in der Brasserie LA MUNICHE hat er alles, was er bestellt hat, zweimal sagen müssen. *Coquilles Saint*

Jacques zum Beispiel oder *Noisettes d'Agneau* oder *Chateau Margaux.* Doch waren die Kellner, nach einer tolerablen Schrecksekunde, sehr kooperativ. Und wenn er, woran er bei seiner augenblicklichen finanziellen Potenz nicht zweifelt, in den nächsten Tagen und Nächten eine, zwei, mehrere, viele Pariserinnen näher kennenlernen wird, dann werden sie ihm ihr gepflegtes Französisch schon beibringen.

Womöglich läßt sich damit ja schon heute beginnen.

Jetzt, nach dem Essen allerdings, ist ihm zuallererst nach einem Verdauungsspaziergang.

Der Abend ist lau, und die Laternen am Quai de Conti spiegeln sich im Fluß.

Unter dem Pont-Neuf sitzen, wie sichs gehört, Clochards; eigentlich schade, daß Glasl nicht da ist.

Aber was braucht ein Mensch wie Glasl Paris?

Die Rive Gauche – na wenn schon, auch in Ulm gibts ein linkes Flußufer.

Das torkelt er eben in diesem Moment entlang.

Aber zum Unterschied von Kuli in Paris ist er nicht allein, sondern in kollegial unterstützender Begleitung.

Auf Kepler & Einstein nämlich, auf die ist Verlaß.

Die lassen doch einen Freund wie ihn nicht ins Wasser fallen!

Daß sie ihn ihren Freund nennen, macht ihn stolz.

Ehrensache, sagen sie, sie haben den halben Tag und die halbe Nacht auf seine Kosten gesoffen, bevor sie ihn jetzt absaufen lassen, fallen sie lieber auch in die Donau.

Allerdings wäre es jammerschade um sie. Schade zumindest für die Wissenschaft. Der Abend ist so ein selten sternklarer Abend. Es wäre doch gelacht, wenn sie unter diesem günstigen Aspekt nicht ein paar neue Himmelskörper entdeckten.

Einträchtig torkeln sie als drei Guckindielüfte. Und es ist erstaunlich, daß sie letzten Endes heil beim ROSENGARTEN ankommen. Die drei Bänke, auf denen Scheck, Glasl und Kuli gestern nacht geschlafen haben, stehen noch immer so wie heute morgen. Und die Rosen duften, und die Grillen zirpen. Was brauch ich ein Luxushotel, sagt Glasl.

Da pflichten ihm Kepler & Einstein durchaus bei.

Trotzdem wollen sie das Angebot, die von Scheck und Kuli nicht mehr beanspruchten Bänke zu belegen, nicht annehmen.

Man verabschiedet sich also, noch eine Weile hört Glasl die Stimmen der beiden, die sich, astronomische Lieder singend, entfernen.

Und dann liegt er und schaut in den Himmel, an dem zwischen den Sternen einige Satelliten ihre Bahn ziehen, und eigentlich tut es ihm leid, daß die zwei andern nicht da sind.

Sie haben halt jeder ihre aparte Passion.

Aber übers Jahr, haben sie ausgemacht, am Gedächtnistag ihres Glücks, wollen sie alle drei in Wien wieder zusammenkommen.

Um Punkt zwölf Uhr Mittags. Bei der Statue der FORTUNA im Prater.

Wäre doch nett, denkt Glasl, wenn der Komet erst danach käm.

Dann: Der nächste Morgen in Wien: Ziemlich kühl.

Als Scheck auf die Straße tritt, trifft ihn der Tag wie ein Herbsttag.

Und dabei war doch gestern noch strahlender Sommer!

Vielleicht sollte Scheck umkehren. Zumindest, um sein Sakko zu holen.

Nicht nur kühl ist der Morgen, sondern auch grau.

Wie grau die Fassaden sind, wie grau die Gesichter!

Selbst von Neubauten bröckelt schon der Verputz.

Merkwürdig! Seit seiner Kindheit lebt Scheck in dieser Stadt, aber *so* ist ihm das noch nie aufgefallen.

Auch diesen Gesichtsausdruck hat er noch nie so erlebt –:

Teigig hängende Wurstigkeit, aber in den Augen- und Mundwinkeln rasch abrufbare Empörung.

Habituelle, prinzipielle Empörung.

Anlässe, diese Empörung anzuwenden, werden sich schon finden.

Werde ich, fragt sich Scheck, am End auch einmal so dreinsehen?

Und Peppi? Ist seine Peppi zu diesem Gesichtsausdruck fähig?

Das Dröhnen des Straßenverkehrs! War das in München oder Ulm auch so?

Auf den Zebrastreifen, die er, bei der Kürze der Grünphasen, manchmal noch nicht ganz überquert hat, wenn die Ampeln zu blinken anfangen, muß Scheck einige Male um sein Leben rennen, weil ihn die Autofahrer, nichts als die Pole-Position bei der nächsten Kreuzung im Blick, sonst glatt überfahren würden.

Ihm scheinen die Nacht und der Schlaf nichts genützt zu haben.

Es geht ihm mit Wien nicht besser als gestern abend.

Er kann die Freude der Heimkehr noch nicht empfinden.

Man muß aber wissen, daß er böse geträumt hat.

Im Traum hat er nämlich seine Peppi gesehen ... Ja, sie war es, wenn auch rund zehn Jahre älter ... Gar kein Zweifel, er hat sie sofort erkannt ... Aber sie hat einen Zug um den Mund gehabt, als ob sie etwas sehr Bitteres geschmeckt hätte.

Sie ist mitten in einem Zimmer gestanden, das Scheck noch nie gesehen hat, außer in diesem Traum ... Und er ist der Peppi gegenübergestanden ... Es war ein schönes, helles Zimmer mit einem Balkon dahinter ... Aber etwas, vielleicht die Jalousie, hat Schatten geworfen, die haben ausgesehen wie die Gitterstäbe eines Käfigs.

Und dann hat Peppi irgend etwas gesagt ... Mit diesem bitteren, vorwurfsvollen, verächtlichen

Mund, dessen bloßer Anblick ihn schon geschmerzt hat … Scheck kann sich nicht mehr erinnern, was es war … Aber noch lang nach dem Aufwachen hat ihm die ganze linke Seite weh getan.

Doch Schluß jetzt damit. Er wird diesen Traum vergessen. Vergessen wie andere, angenehmere Träume. Er liebt seine Peppi. Weil er sie liebt, ist er zurückgekommen. Und wie er sie liebt! Das soll ihr gleich demonstriert werden.

Dort vorn ist die Bank schon. Gleich wird Scheck sie betreten. Den Seesack mit den Millionen über der Schulter. Noch hundert Schritte, noch fünfzig, noch zwanzig, noch zehn … Gleich tut sich die Glastür auf. Was soll denn das Herzklopfen?

Na also. Da steht er schon in der Kassenhalle.

Hinter der Kassa 1 Saldo, hinter der Kassa 2 Peppi.

Vor beiden Kassen ziemliche Warteschlangen.

Das ist der Grund, warum Scheck nicht sofort bemerkt wird.

Er reiht sich brav an die Schlange vor Peppis Kasse. Nicht böse über die Frist, noch kurz durchzuatmen. Aber dann wird ihm die Frist doch etwas zu lang. Unglaublich, wie lang es dauert, bis die kleine, alte Frau vor ihm die paar Scheine, die ihr Peppi durch die Öffnung im Schalterglas zugeschoben hat, zusammengefaltet und in der Geldbörse verstaut hat.

Endlich ist Scheck an der Reihe. Peppi erschrickt, als sie ihn sieht.

Jessas, ein Gspenst!

Nein, Peppi, sagt er, ich bins leibhaftig.

Sie hat geglaubt, er ist, wo der Pfeffer wächst, sagt sie, das klingt nicht nach purer Wiedersehensfreude.

Nein, Peppi, sagt er. Er muß zugeben, daß er gar nicht so weit gekommen ist.

Tut es ihm schon leid? Aber nein, er liebt seine Peppi.

Zwar ist da noch eine Distanz zwischen ihm und ihr, aber das liegt wahrscheinlich an der Glasscheibe zwischen ihnen.

Naja, sagt sie schnippisch, das sieht ihm ja wieder einmal ähnlich:

Erst groß reden und dann klein beigeben müssen.

Aber er liebt sie.

Wahrscheinlich ist ihm das Geld ausgegangen, sagt sie.

Nein, Peppi, sagt er, grad im Gegenteil.

Das überhört sie zuerst einmal. Sie sieht es ihm ja an, wie tief er gesunken ist.

Wie er schon ausschaut! Daß er sich überhaupt getraut, so hier aufzutreten!

Peppi …! sagt er.

Sie muß sich genieren für ihn.

Peppi …!

Was ist? Er soll sie in Ruhe lassen!

Sie weiß überhaupt nicht, was er noch will von ihr.

Sie geht jetzt mit Saldo. Der ist ein solider Geschäftspartner.

Das flüstert sie immer lauter.

Was bildet er sich eigentlich ein?

Hierher zu kommen und sie zu kompromittieren!

Das Wort ist schwer auszusprechen. Bei diesem Wort kann man sich leicht verhaspeln.

Ihre Nasenspitze ist ganz weiß vor Aufregung und Wut. Ihre Lippen sind fast blutleer.

Aber er liebt sie.

Geh bitte, sagt sie. Mach kein Aufsehen!

Die Schlange hinter ihm wird länger. Ein paar Ungeduldige beginnen zu keppeln.

Hörst du? sagt sie. *Geh* bitte, sagt sie, verschwind!

Der Saldo schaut schon. – Gleich wird der Filialleiter da sein.

Aber Peppi, sagt er, ich liebe dich!

Hör auf, sagt sie. Das hättest du dir früher überlegen müssen.

Trotzdem steigen ihr bei diesen Worten die Tränen in die Augen.

Wenn er nicht binnen zehn Sekunden weg ist, betätigt sie die Alarmanlage.

Das wird sie *nicht* tun, sagt er. Denn er will jetzt ganz ordnungsgemäß etwas einzahlen.

Auf sein Sparbuch nämlich. Vor seiner Abreise hat er ja fast alles abgehoben.

Das arme Sparbuch muß direkt traurig sein.

Drum will er ihm jetzt eine Freude machen und sein Guthaben etwas aufbessern.

Ah so? sagt sie. Ist dir etwas übrig geblieben?

Ja, sagt er. Und es ist auch noch ein bißchen etwas dazu gekommen.

Ob er am End mildtätige Seelen gefunden hat, die ihm etwas geschenkt haben?

Genau, sagt er. Was man sich halt so zusammenbettelt auf der Straße.

Und jetzt ist der große Augenblick endlich gekommen.

Scheck liebt seine Peppi. Spätestens jetzt muß sie es einsehen –:

Was er wert ist. In diesem einmaligen Augenblick agiert er mit Souveränität –:

Den Seesack mit Schwung von der Schulter nehmend und das Geld vor Peppi hin schlichtend.

Hin *stapelnd* muß man wohl sagen. Pakete zu hundert Tausendern.

Und die wieder zu je zehn verschnürt und gebündelt.

Beeindruckend, wahrlich. Da bleibt der Peppi die Luft weg.

Und auch rundum entsteht eine große Stille.

2

Geheiratet wird schon wenige Wochen später. Nicht nur der Peppi, nein auch den Eltern Hobelmann ist Scheck auf einmal lieb & wert. Der Herr Hans hat ja gleich damals, beim Abendessen, zu dem sie ihn eingeladen haben, einen ganz guten Eindruck auf sie gemacht. Auch wenn seine Auffassungen über private und öffentliche Sicherheit da und dort etwas unernst, ja lax gewesen sein mögen – also das muß man wahrscheinlich nicht allzu ernst nehmen.

Denn der Herr Hans ist ja schließlich ein junger Mensch. Und nach einer kurzen, sagen wir spätpubertären Verwirrung ist er, wie man mit ausgesprochenem Wohlwollen sieht, zur Vernunft gekommen. Wenn er also die Peppi tatsächlich liebt... Also da werden sich die Eltern Hobelmann bestimmt nicht querlegen.

Konträr. Sie bestellen sogar das Aufgebot. Sie wissen, wie man das macht, schließlich haben sie schon geheiratet, nichtwahr, da waren die Kinder, nicht bös sein, noch gar nicht auf der Welt. Der Herr Hans wird doch nichts dagegen haben, wenn sie ihn auch ihr Kind nennen. Sag Pappa zu mir, sagt der Herr Hobelmann, sag Mamma zu mir, sagt seine Frau und kichert, weil der Bart kitzelt.

Den muß er sich übrigens rechtzeitig abnehmen lassen. Daß er mit diesem Rauschebart heiraten will, sagt der Herr Hobelmann, also das wird doch hoffentlich nicht sein Ernst sein. Nein, ohne Spaß: Was soll die Verwandtschaft sagen? Außerdem geht man mit so einem Bart nicht zum Fotografen.

Entsprechend gequält schaut Scheck auf dem Hochzeitsfoto. Ihm ist kalt in einem Gesicht, für das er sich ein bißchen geniert, so nackt und rund. Der inzwischen immerhin schon kitzelnde Bart war das letzte Andenken an seinen Ausbruchsversuch. Jetzt sieht er wiederum aus wie alle anderen Arschgesichter.

Aber was soll er machen? Die Dinge geschehen. Und es sind Dinge, hat er den Eindruck, die auch den meisten anderen geschehen. Ja, sie *geschehen* einem eher, als daß man sie *tut*, läßt man sich einmal darauf ein, sie geschehen zu lassen, so widerfahren sie einem fast automatisch. Man kommt auf die Welt, geht in die Schule, tritt ins Berufsleben ein, verliebt sich, heiratet, gründet eine Familie – naja, und das ist angeblich das Leben.

Oder doch nicht? Oder doch nicht so ganz?

Ist das nicht eher nur das angebliche Leben?

Reproduktion der ewiggleichen Scheiße, würde Kuli sagen.

Aber an diesen Kuli sollte Scheck lieber nicht mehr denken.

Wenn er nämlich die Peppi wahrhaftig liebt. Peppi, die Einzige. Die jetzt ganz ihm gehört. So, wie er seinerseits jetzt ganz ihr gehört. So gehört es sich nämlich. So und nicht anders.

Liebst du mich, Schatzi?

Natürlich, sagt er. Ich lieb dich.

Es ist ein schöner Sonntagmorgen, sie liegen in

ihrem schönen neuen Bett, in ihrem schönen hellen Zimmer.

Das Zimmer hat ein schönes großes Fenster und eine Glastür daneben, dahinter liegt der Balkon.

Sie haben noch keine Jalousien, aber die Sonne, findet Peppi, blendet, und man muß demnächst welche montieren lassen.

Etwas zeitverschoben blendet die Sonne, die inzwischen Paris erreicht hat, auch Kuli. Das heißt, vorerst *blendet* sie ihn genaugenommen nicht, sondern *kitzelt* ihn. Ihre Strahlen fallen schräg durch das große Dachfenster der Atelierwohnung in der Rue St. Jacques, die er inzwischen bewohnt. Eine Weile versucht er, sich die Sonnenstrahlen mit der linken Hand aus dem Gesicht zu wischen, aber das nützt nichts.

Seine rechte Hand kann der linken nicht zur Hilfe kommen, seine rechte Hand ist blockiert. Wie er nach und nach begreift, ist es sogar sein ganzer rechter Arm, der blockiert ist. Kuli wacht auf. Sein ganzer rechter Arm ist eingeschlafen. Das ist kein Wunder, liegt doch der Kopf einer Frau drauf.

Sie hat anscheinend naturrote Haare und – Kuli lüftet die Decke kurz – eine eher junonische Figur.

Kuli denkt nach. Er fragt sich, wie sie wohl heißt.

Ist das Charlotte? – Nein, Charlotte war die kleine Brünette von gestern vormittag.

Ist das Veronique? – Nein, Veronique war die große Blonde von gestern abend.

Vorsichtig zieht er den Arm unter ihr weg und erhebt sich. Er schlüpft in seinen Nankingschlafrock und geht auf Zehenspitzen zum Schreibtisch. Chaos! Wo ist denn bloß sein Terminkalender? Endlich findet er ihn und schlüpft damit ins Bett zurück.

Also, denkt er, jetzt werden wir es gleich haben.

Jacqueline, Madeleine, Pascale, Françoise, Berenice –

Jeanne 1 und Jeanne 2, Maxime, Valérie, Cathérine –

Hazel, Gisela, Britta, Laura, Camilla …

Laura, Camilla – Sonntag 11 Uhr, LA PALETTE.

Hoppla! Er tastet nach seiner Uhr. Da muß er sich sputen!

Er rüttelt die Rote an ihrer junonischen Schulter.

Vite, vite, sagt er. Lève toi, ma belle. Aber die will nicht.

Er zieht ihr die Decke weg. Da liegt sie in ihrer ganzen Pracht.

Sie gibt einen gurrenden Ton von sich wie eine Katze.

Er kann nicht umhin, die Katze ein bißchen zu streicheln.

Aber das hätte er lieber nicht tun sollen. Jetzt beginnt sie zu seufzen und zu stöhnen.

Hör einmal, sagt er. Es war vermutlich sehr schön, es hat mich wahrscheinlich sehr gefreut …

Nein, bitte laß das, sagt er. Ich bin jetzt nicht in der Stimmung …

Sie ist aber schon dabei, ihn in Stimmung zu bringen.

Nicht doch, sagt er. Ich habe einen Termin, ein geschäftliches Treffen.

Was du nicht sagst, sagt sie, ohne ihre im Prinzip nicht unerfreuliche Tätigkeit zu unterbrechen.

Sie ist so nett zu ihm. Eigentlich, denkt er, eine wirklich nette Person.

Zwar könnte sie ein bißchen schlanker sein, aber jetzt muß sie ohnehin zwei aufwiegen.

Denn wenn sie so weitertut, wird er Laura & Camilla versäumen.

Ja, denkt er, das ist mein eigentliches Problem. Immer, wenn er mit einer Frau schläft, tut es ihm leid, daß er in der Zwischenzeit nicht nur zwei, sondern Millionen andere versäumt. Jede Entscheidung für *eine* nichtet – zumindest für diesen Moment – alle anderen. Und er sieht Laura & Camilla vor seinem geistigen Auge, wie sie, in der PALETTE sitzend und auf ihn wartend, ihren Mops mit Brioches füttern, aber was soll er tun, mit einem einzigen Schwanz kann man nicht zugleich auf allen Seiten sein.

Was Glasl betrifft, so sieht er die Sonne an diesem schönen Sonntagvormittag nur durch ein Zellenfenster. Viel Sonne kommt da übrigens nicht herein, nur eben jetzt, gegen Mittag, ein paar Strahlen. Ein paar mickrige Strahlen, in denen der Staub tanzt. Er hätte gestern doch etwas früher aus dem WILDEN MANN aufbrechen sollen.

Aber es ist einfach urgemütlich gewesen.

Und er war so gut drauf (natürlich hat er wieder ein paar Runden ausgegeben).

So gut, daß ihm wieder einmal nach Singen zumut war.

Und weil es letzthin so ein großer Erfolg gewesen ist, wollte er natürlich wieder das Lied von Eduard & Kunigunde singen.

Na schön, vielleicht hat er etwas zu laut gesungen.

Louis Armstrong, dessen Stimme über den Kassettenrecorder zu hören war, hat gegen ihn überhaupt keine Chance gehabt.

Als sie (er, Kepler, Einstein und noch zahlreiche Freunde, die er durch seine ständigen Einladungen inzwischen gewonnen hat), mitten im schönsten Singen sind, geht jedenfalls die Tür auf.

Und schon läßt die stimmliche Unterstützung durch den Chor merklich nach, denn in der Tür stehen zwei Polizisten.

Eduard & Kunigunde, hat Glasl immer einsamer gesungen,

Kunigunde & Eduard,
Eduard & Kunigunde,
Kunigunde & Eduard –

die Polizisten sind im Raum gestanden und haben die Stimmung gebremst.

Singts mit, hat Glasl gesagt, aber die Polizisten waren anscheinend keine sangesfreudigen Menschen.

Wollts was trinken? hat Glasl gefragt.

Nein, haben die Polizisten jetzt immerhin geantwortet, wir sind im Dienst.

Ah geh, seids net fad, hat Glasl gesagt. Ein Glasl auf dem Glasl seine Kosten wird euch net schaden.

So, Glasl heißt du also, sagt der eine Polizist. Ist ja 'n ulkiger Name, sagt der andere.

Polizist Nr. 1 (im Vordergrund) war klein und breit, Polizist Nr. 2 (im Hintergrund) war groß und dick.

Sagts nix gegen meinen Namen, hat Glasl gesagt, ich find, der paßt zu mir.

Es gibt auch Leute, hat er gesagt, zu denen würden eher die Namen Stamperl & Faßl passen.

Zugegeben. Daß er das gesagt hat, war wahrscheinlich ein psychologischer Fehler.

Aber wenn man so gut drauf ist, nichtwahr, ist es nicht so leicht, so mirnichts dirnichts wieder herunterzukommen.

Die zwei Polizisten haben grimmig gelächelt – sie haben gelächelt wie zwei amerikanische Polizisten im Fernsehen oder im Kino.

Hier im Lokal wirst du uns nicht provozieren, haben sie gedacht (in der Stille, die auf einmal im WILDEN MANN geherrscht hat, hat sie Glasl förmlich denken gehört), aber wart nur, bis wir draußen auf der Straße sind.

Kannst du dich ausweisen? fragt der eine.

Und hast du zufällig so etwas wie einen Meldezettel? fragt der zweite.

In seinen Hosen- und Rocktaschen sucht Glasl nach seinem Paß, findet aber nichts als Geld.

Knäuel von Geld, die er, auf der immer nervöseren Suche nach dem Dokument, einfach auf den Tisch wirft.

Sieh mal an! sagt der eine Polizist.

Da haben wir ja einen begüterten Kunden! sagt der andere.

Wo haben wir denn das viele Geld her, Alter?

Gewonnen, sagt Glasl.

Etwa im Hütchenspiel? Das ist verboten.

In der Lotterie, sagt Glasl.

So. In der Lotterie. Das kann jeder sagen!

Es ist aber wahr, sagt Glasl. Der Kepler und der Einstein können das jederzeit bestätigen.

Und dreht sich nach Kepler & Einstein um. Die sind weg.

Kepler & Einstein! sagen die Polizisten. Er soll ja nicht glauben, er kann sie verarschen.

Aber gerade, sagt Glasl, waren sie noch da!

Der ist nicht ganz dicht, sagt der eine Polizist.

Der ist sternhagelvoll, sagt der andere.

So sitzt er also jetzt in der Zelle, der Glasl. Und fühlt sich an Kopf und Gliedern ein bißchen zerschlagen. Und das kommt sicher nicht nur vom Alkohol. Angeblich hat er Widerstand geleistet, angeblich haben sie ihn zur Raison bringen müssen.

He, Sheriff, ruft Glasl. Wann laßt ihr mich wieder raus?

Geduld, sagt die Stimme von draußen. Deine Angaben müssen sorgfältig überprüft werden.

Na, machts schon! sagt er.

Heute ist Sonntag, sagt die Stimme von draußen. – Bei der Lotteriegesellschaft, bei der du angeblich gewonnen hast, können wir frühestens morgen vormittag nachfragen.

Hören Sie, Sheriff! sagt Glasl.

Was ist? fragt die Stimme.

Das halt ich nicht aus!

Mach dich nicht lächerlich, sagt die Stimme. Hier bei uns bleibst du maximal achtundvierzig Stunden.

Nein, blöder Bub, du verstehst überhaupt nicht, was ich mein! – Ich brauch was zu trinken! schreit Glasl. Da schau, wie meine Händ zittern.

Und Scheck, wie er seine Stunden wieder hinter dem Bankschalter absitzt.

Die Freude des Filialleiters über die Rückkehr des verlorenen Sohns, auch sie väterlich.

Gratulation zum Lotteriegewinn, aber mit zwei Millionen Schilling hüpft man in Zeiten wie diesen nicht allzu weit, nichtwahr.

Wohnung und Auto angezahlt, klar, auf Anraten des Schwiegervaters alle möglichen und unmöglichen Versicherungen abgeschlossen, brav, Prämiensparbuch für das Baby angelegt, das im Kommen ist, schön, aber jetzt hat uns erst recht der Alltag wieder.

Und hat diese Art zu leben nicht auch etwas Schönes?

Ist sie nicht, Hand aufs Herz, die einzige, bei der man sich wohlfühlen kann, das heißt wohlfühlen *darf*, weder Sozialschmarotzer noch Glücksritter?

Was sollen denn all die kleinen, fleißigen Leute sagen, die ihr Lebtag nichts anderes tun, als Geld zu verdienen & auszugeben, damit das Rad, in dem wir uns alle drehen, in Schwung bleibt?

Häuslich und arbeitsam
so nur allein
kann man des Lebens
sich dauernd erfreun,
wie der Dichter sagt,
war das Schiller (?),
na ist ja nicht so wichtig.

Und wie schön ist ein Feierabend mit Freunden!
Peppi & Scheck zu Besuch bei Ferry & Mary.
Klinge-ling. Schon die Türglocke klingt so traut.
Da fühlt man sich gleich so adventlich angemutet.
Ferry & Mary breiten die Arme aus.
Alles an ihnen strahlt. Wie fein, daß ihr da seid!
Sie küssen Peppi & Scheck auf je zwei Wangen.
Nur herein, nur herein in die gute Stube!
Wie hübsch ihr es habt!
Naja, ihr habt es ja auch hübsch!
Gut seht ihr aus!
Ihr seht aber auch gut aus!
Man lacht. Man gibt vor, sich darüber zu freuen, daß man einander ähnelt.
Lauter werdende Väter bzw. Mütter.
Marys Bauch und Peppis Bauch: Ein Vergleich.
Marys Bauch ist schon größer als jener Peppis.
Kein Wunder, sagt Peppi. Ihr wart ja auch einen Monat früher dran als wir.
Einen Monat? Scheck rechnet im Kopf. Aber der Sommer kommt ihm schon sehr fern vor.
Außerdem hindert ihn Freund Ferry am Rechnen.

Er will ihm was zeigen. Die Frauen tuscheln und kichern.

Frauensachen gibt es und Männersachen.

Eine Männersache ist zum Beispiel das Basteln von Modellflugzeugen.

Ferry hat ein ganzes Zimmer dafür.

Da stehen sie. Eins neben dem anderen. Es sieht aus wie auf einem Flugplatz.

Fliegen sie auch?

Ja natürlich, sagt Ferry. Am Sonntag.

Manchmal stürzen sie ab. Aber dann darf er sie wieder reparieren.

Dann sitzt man und ißt kleine Brötchen und trinkt dünnen Wein.

Und hört DIE VIER JAHRESZEITEN. Aber leider nicht ungestört.

Die Quadrophonieanlage ist nämlich funkelnagelneu.

Immer wieder springt Ferry auf, um ihre perfekte Funktionsweise zu demonstrieren.

Hörst du, jetzt hast du den linken oberen Kanal!

Und jetzt den rechten unteren. Das ist ein beeindruckender Sound, nichtwahr?

Und jetzt hörst du den *rechten* oberen und jetzt den *linken* unteren.

Und jetzt die genaue Balance. Nein, du mußt dich in die Mitte des Zimmers stellen, um das voll zu genießen!

War das noch der FRÜHLING, fragt Scheck, oder war das schon der SOMMER?

Wie bitte, was bitte? fragt Ferry. Ach so! Ich weiß nicht.

Pst! Seid ruhig, sagt Mary. Gerade hat es sich bewegt!

Wirklich? sagt Peppi. Sie fühlt mit der Hand. Ach du meine Güte! Entzückend!

Und Samstag geht es hinaus in die SHOPPING CITY.

Die haben die Stadtplaner weise angelegt.

Draußen, im ehemals Grünen, im Süden der Stadt.

Auf daß der Konsum mit der Produktion verbunden bleibe –: In diesem Fall der von Abgasen.

Früher war hier eine Gegend. Wiesen. Hügel.

Jetzt wächst da kein Gras mehr. Nur ein potemkinsches Dorf.

MÖBELLAND, TEPPICHLAND, FLIESENLAND – was sich so Land nennt.

Dazwischen der größte Stau von Mitteleuropa.

Nichtsdestoweniger muß man am Samstag hierher.

Denn wo sonst gibt es solche Angebote?

Jedes Angebot ein Sonderangebot, jedes Sonderangebot ein Angebot an alle.

Seid ihr alle da? Wo sich alle für blöd verkaufen lassen, will man als einzelner nichts versäumen.

Und wenn man im Schrittempo fährt. Das nimmt man in Kauf.

Man ist unter sich und seinesgleichen. Wos stinkt, da bleiben wir.

Manchmal könnte man direkt aussteigen und am Straßenrand picknicken.

Aber dann verdirbt man sich den Appetit für das gute Fastfood, das in der Shopping City wartet.

Endlich ist man dort. Einen Parkplatz zu finden, ist natürlich nicht leicht.

Obwohl es nichts als Parkplätze gibt, soweit das Auge reicht.

Soweit das Auge reicht, sind alle Parkplätze voll, das ist nur logisch.

Bei solch einem Angebot herrscht die entsprechende Nachfrage.

Autos umrunden die CITY wie Satelliten.

Es soll welche geben, die hier schon seit Jahren fahren.

Ein neuer Mythos: Der ewige Parkplatzsucher.

Fliegende Holländer des Konsumidiotismus.

Dann, endlich drin in den Hallen, ist Peppi in ihrem Element.

Scheck kann ihr gar nicht folgen, so wie sie hier wieselt.

Nein, wieseln ist nicht exakt der richtige Ausdruck.

Ihre Art, sich hier fortzubewegen, hat eher etwas Mäuse- oder Rattenhaftes.

Das Gewimmel rundherum scheint dieser Fortbewegungsart nicht zuwider zu sein, sondern ganz im Gegenteil. Und anscheinend geht es den meisten andern hier auch so. Sie versetzen einander durch ihre bloße, massenhafte Anwesenheit in Wimmelstimmung. Der dabei unausweichliche Körperkontakt scheint sie nicht zu stören, sondern, ähnlich wie auf einer überfüllten Tanzfläche, zu erregen.

Scheck hat offenbar die falschen Instinkte.

Ihm bricht, kaum daß er so einen Pavillon betreten hat, unweigerlich der Schweiß aus.

Peppi! ruft er. Ich bitt dich! So wart doch auf mich!

Wenn er sie nur nicht aus den Augen verliert! Ohne sie wird er nie wieder zum Ausgang finden.

Auf der Rückfahrt geht es dann *gar nicht mehr* weiter.

Jeder Hintermann hupt seinen Vordermann an – man hupt sich richtig in Rage.

Man kurbelt das Seitenfenster hinunter, man kommuniziert miteinander –:

Trottel!

Selber Trottel!

Geh scheißen!

Geh selber scheißen!

Man fühlt sich zu recht umgeben von lauter Kretins.

Anderseits ist es erschreckend, daß alle Kretins sind.

Man selbst eingeschlossen. Jedenfalls scheint einen der jeweilige Hintermann dafür zu halten.

Ich bin ein freundlicher Wiener, steht auf einem Plakat. Der ist aber der einzige.

Dann gibt es natürlich einen Auffahrunfall.

Blech prallt auf Blech. Es kracht. Es scheppert. Es klirrt.

Einige steigen aus und schreien einander an.

Einer schreit in gebrochenem Deutsch. Der sollte lieber den Mund halten.

Der hats grad nötig! Das war doch der, der gebremst hat!

Was sagt er? Wegen der *Ampel* hat er gebremst? Na, das ist ja wieder einmal typisch!

Nur weil die Ampel geblinkt hat! Wo der Verkehr gerade wieder in Fluß geraten ist!

Aber der hat seinen Führerschein wahrscheinlich bei einem Kamelrennen gewonnen!

Wer bremst denn bei uns schon bei bloßem Blinken der Ampel?

Da schaut man, daß man noch schnell über die Kreuzung kommt – Zähne zusammengebissen, Augen zu, und geht schon!

Nicht frech werden, ja?! So weit kommts noch, daß diese Tschuschen *uns* erzählen, was in *unserem* Land richtig oder falsch ist!

Aber da sieht man es wieder! Von Integrationswillen keine Spur! Die können oder die wollen sich gar nicht anpassen!

Und Sonntag mittag bei den Schwiegereltern.

Da gibt es – in vierzehntägiger Abfolge – entweder Schnitzel oder Schweinsbraten.

Ganz selten gibt es auch Tafelspitz mit Spinat.

Aber letzterer ist auch schon das einzige Zugeständnis an Schecks vegetarische Extrawürste.

Bei uns wird nämlich gegessen, was auf den Tisch kommt.

Sagt Peppis Vater. So haben wir es immer gehalten, und das werden wir deinetwegen nicht ändern.

Und außerdem wird bei uns ordentlich aufgegessen.

Sagt Peppis Mutter. Es ist nämlich eine Sünde, etwas verkommen zu lassen.

Ja, nach dem Krieg, sagt der Schwiegervater, da sind wir natürlich froh gewesen, wenn wir einen Teller Kochsalat gehabt haben. Aber dafür haben wir uns nicht die Ärmel aufgekrempelt und im Schweiß unserer Angesichter gearbeitet, daß wir jetzt Grünzeug fressen wie die Hasen. Und dafür, daß jetzt andere daherkommen und sich gemütlich ins vorbereitete Nest setzen, auch nicht. Die sollen schön arbeiten, wie wir gearbeitet haben, und sich bei sich daheim etwas aufbauen.

Nimm noch ein Stück, sagt die Schwiegermutter und lädt auch schon ein neues Trumm auf Schecks Teller ab.

Das ist ihr Stolz: daß es über den Tellerrand hängt.

Fett? Aber geh. Das ist doch nicht fett! Das ist nahrhaft!

Man kann ruhig merken, daß es uns gut geht. Fasten sollen die andern.

In gewisser Hinsicht sind die ja selber schuld, daß sie jetzt so dastehen mit nichts & wieder nichts. Außerdem ist das halt eine Mentalitätssache. Es gibt welche, die haben einen natürlichen Hang zur Arbeit und zur Sauberkeit, und es gibt andere, die haben eher einen Hang zum Faulenzen und zum Sich-gehen-Lassen. Da ist es schon gut, wenn die bleiben, wo sie hingehören!

Außerdem, sagt die Schwiegermutter, die Nachspeise auftragend – ein Stück Malakofftorte schließt bekanntlich den Magen –, wo kommen wir denn da hin?

Sie meint: Wenn immer mehr von denen hierher kommen!

Wo sind wir denn? Manchmal hat man ohnedies schon den Eindruck, man ist im Orient!

Sie kann nicht mehr auf den Markt gehen, ohne befürchten zu müssen, von einem dieser Murln bestohlen zu werden.

Was man so hört und liest und im Fernsehen sieht!

Einbrüche, Autodiebstähle, Banküberfälle!

Ja, sagt der Schwiegervater, ich bin froh, daß die Peppi nicht mehr in der Bank sitzt.

Und an deiner Stelle, sagt er zum Schwiegersohn, würd ich mir eine Pistole kaufen.

Und Kuli schon wieder im Bett. Doch in was für einem!

Das Bett steht in einem Schlafzimmer, das man eigentlich als Boudoir bezeichnen müßte – Stukkaturdecke, Rokokotapeten, hohe, in einen Garten mit uralten Bäumen und ewigjungen Statuen hinausblickende Fenster –

Und die Frau, mit der er darin liegt, gehört zu jener Kategorie, mit der er bis jetzt, bei aller Betriebsamkeit, tatsächlich keinen Verkehr gehabt hat –

Aber jetzt ist es soweit, und der Akt, den er mit ihr vollziehen wird, dieser Akt soll der Höhepunkt seiner gesamten bisherigen sexuellen Karriere sein.

Er hat sie aus Samt & Seide geschält – ein Riesenhaufen kostbarer Klamotten, der jetzt neben dem Bett liegt –

Er hat sie auf Stirn, Augenlider, Nase und Mund geküßt, hat mit sensiblen Zähnen an den durch bescheidene Brillanten geschmückten Ohrläppchen geknabbert –

Auch an der Halskette (schlichtes Platin) hat er entlanggeküßt; ihre Brüste, klein, aber sehr fein, sind wirklich so weiß, wie es sich für adelige Brüste gehört –

Und er hat ihren noblen Bauch geküßt, ihren hochwohlgeborenen Nabel, und seine Lippen über die von einer Komposition erlesenster Parfumspritzer umdufteten Schamhaare gleiten lassen.

Man soll aber nichts überstürzen in der gepflegten Liebeskunst, also hat er sich, mit einem höchst galanten Kuß, fürs erste wieder von ihren privatesten Partien verabschiedet –

Und hat bei ihren schlanken Zehen mit den silbern lackierten Nägeln sozusagen einen zweiten Anlauf genommen –

Um sich dann, die langen Beine lang, Rist, Knöchel, Innenseite der Knie und so weiter, immer weiter emporzuarbeiten, nein, emporzuspielen –

Bis er dort war, wo sie ihn haben wollte und noch immer haben *will*, denn zu ihrer, durch dezente Seufzer signalisierten Genugtuung wendet er all die virtuose Finger- & Zungenfertigkeit an, die er sich durch Üben, Üben und wiederum Üben im Lauf eines sehr bewußt auf die Spitze und daher zu Spitzenleistungen getriebenen Geschlechtslebens erworben hat.

Und dann tut er das, was ältere und konservativere Geschlechter merkwürdigerweise als Besitznahme bezeichnen –

Aber im selben Moment spürt er, daß sich etwas, sozusagen flatternd (er wird das später wieder und wieder zu beschreiben versuchen) von ihm loslöst und zur Stukkaturdecke hinaufschwebt –

Und natürlich weiß einer wie er, daß für poetische Gemüter der sogenannte Liebesakt gleich auf einen kleinen Tod hinausläuft –

Aber das ist es nicht: Es ist eher so, daß, während sein Körpervogel in dieser schönen, teuren Frau steckt, sein Seelenvogel da oben, etwa auf der Gardinenstange, Platz genommen hat, und daß er, Kuli, mit nunmehr geschlossenen Augen, die ganze Szene sozusagen einen Seelenaugenblick kurz, aber immerhin, aus der Vogelperspektive sieht.

Und da sieht er sich also, wie er in diesem schönen, großen Bett auf dieser schönen, teuren Frau liegt und beflissen mit dem Hintern wackelt –

Und sieht (offenbar handelt es sich um eine *Folge* von Seelenaugenblicken), wie die schöne, teure Frau auf ihm sitzt und Hoppe Hoppe Reiter spielt –

Und einen Moment lang sieht er sogar ihren Mann, der, wie sie ihm erzählt hat, mit einer Wirtschaftsdelegation in Brüssel weilt, aber gerade jetzt liegt er auf einer anderen, weniger teuren Frau, und wackelt auch mit dem Hintern –

Und eigentlich ist das alles sehr komisch, aber in diesem Seelenaugenblick, in dieser Folge von Seelenaugenblicken, erfüllt es ihn mit einer zwar leisen, aber seine ganze Existenz & Essenz in Frage stellenden Melancholie.

Und er denkt, daß was schiefgeht mit all seinem Don Juanismus.

Habe nun ach mit so vielen Frauen geschlafen (merkwürdigerweise fällt ihm gerade in diesem Moment die genaue Zahl nicht mehr ein), aber der faustische Fick – jener, zu dem er hätte sagen mögen, verweile doch – war ihm nie beschieden.

Solche Gedanken bringen natürlich die schönste Erregung zum Abklingen.

Entschuldige, sagt er zu der schönen, teuren Frau, das ist mir noch nie passiert, ich weiß auch nicht, was mit mir los ist.

Mach dir nichts draus, sagt sie, im Bett sitzend und rauchend, aber (da ist sein Seelenvogel schon wieder in seinen Käfig zurückgekehrt) auf eine Weise mit der adeligen Achsel zuckend, die ihn verletzt.

Daß ihm das ausgerechnet mit ihr hat passieren müssen, denkt er, durch den Park mit den uralten Bäumen und den ewigjungen Statuen von ihr weggehend – adieu, hat sie zu ihm gesagt, nicht au revoir – das ist peinlich.

Er wird sich wohl zu viel zugemutet haben, denkt er, ehrlich gesagt hat er sich schon bei den letzten drei, vier Frauen etwas müde gefühlt, er ist auch nicht mehr der alte.

Aber vielleicht, denkt er, sollte er für ein paar Tage eine Pause einlegen und endlich etwas schreiben.

Zum Beispiel das: Sie trafen sich unterwegs.

On the road sozusagen. Auf einem Parkplatz.

Dort stand eine Bank, dahinter ein trotz der sommerlichen Jahreszeit kahler Baum.

Der Himmel war rot von der untergehenden Sonne und den Abgasen.

Der Ort hatte etwas von einem Bühnenbild.

Neben der Bank ein Abfalleimer, neben dem Abfalleimer ein Schild mit der Aufschrift: WC, RASTHAUS, 600 METER.

In der Luft lag der Lärm von der Autobahn.

Es kam ihnen allen dreien vor, als ob sie diesen Ort schon gesehen hätten.

S. kam zuerst die Autobahnabfahrt herunter.

Er sah aus wie einer, der zwei, drei Jahrzehnte zu spät den Hippie spielen möchte.

Per Autostopp war er gekommen. Mit einem Staubsaugervertreter.

Der hatte ihn oben bei der Raststätte auf einen Kaffee eingeladen.

Als zweiter kam G. Es war allerdings zweifelhaft, ob er auch per Autostopp gekommen war.

Schon möglich, daß ihn einer der Fernfahrer mitgenommen hatte, die manchmal in der Raststätte übernachteten.

Einer, der schon sehr müde gewesen war und jemand gebraucht hatte, der mit ihm redete, egal wen.

Anderseits sah G. so aus, als ob er schon seit Jahrhunderten zu Fuß gegangen wäre.

Als dritter kam K. Ein attraktiver Mensch.

Zwar war er nicht mehr ganz jung, aber er hatte eine enorme Ausstrahlung.

Diese Ausstrahlung war eine sowohl erotische als auch intellektuelle.

Schon öfter hatte man ihn für den zu Paris in einer Badewanne versunkenen und gewissen Gerüchten zufolge wieder aufgetauchten Jim Morrison gehalten.

Schließlich Glasl, wiederum auf der Straße.

Ulm liegt schon lang zurück. Vielleicht gibt es dieses Ulm gar nicht.

Doch. Zumindest das Polizeikommissariat muß es geben, auf dem sie ihn in Gewahrsam genommen haben.

Aber ob es die ZILL oder den WILDEN MANN wirklich gibt, hat er nicht mehr feststellen können – vielleicht sind diese freundlichen Lokale ebenso plötzlich verschwunden wie Kepler & Einstein.

In den ROSENGARTEN zurückzukehren haben ihm die Polizisten damals verboten. Zwar hat ihnen die Lotteriegesellschaft seinen Gewinn ohne weiteres bestätigt, aber sie haben trotzdem so getan, als hätte er was ausgefressen. Das Schlafen in einer städtischen Gartenanlage sei gegen die Ordnung und gegen das gesunde bürgerliche Empfinden. So lang Stamperl & Faßl im Dienst seien, werde er gut daran tun, sich dort nicht mehr blicken zu lassen.

Nicht einfach auf freien Fuß haben sie ihn damals gesetzt. Nein, mit der Streife zur Raststätte SELIGWEILER haben sie ihn geführt. Sie haben ihre eigenen Penner, haben sie gesagt, er soll gefälligst schauen, daß er dort hinkommt, wo er herkommt. Wenn er von hier fünf Schritte nach Osten geht, ist er nicht nur aus dem Einzugsgebiet von Ulm, sondern auch aus dem Land Baden-Württemberg draußen, sollen sich doch die Bayern mit ihm ärgern.

Er erinnert sich vage, daß er dann in Augsburg war, vielleicht auch in Ingolstadt und Passau, aber er kann sich all der Städte und Dörfer des immer kühler werdenden Herbstes kaum mehr entsinnen.

Jedenfalls, das weiß er, ist es von Ort zu Ort immer unwirtlicher geworden.

In einer Stadt, deren Namen er lieber vergessen hat, ist er einer Gruppe von Jugendlichen mit kahlgeschorenen Schädeln und Lederjacken über den Weg gelaufen.

Die haben sich einen Spaß daraus gemacht, ihn eine Weile zwischen sich hin und her zu stoßen und ihn immer wieder, aus weit aufgerissenen Mündern brüllend, zu fragen, ob er weiß, daß ihn der Hitler vergessen hat.

Und dann, irgendwo auf dem Land – es hat schon geschneit und nicht weit weg waren hohe, ganz weiße Berge – hat er in einer Scheune übernachtet.

Und gegen den Morgen zu, der aber noch finster war, denn es wollte kaum mehr hell werden, hat er etwas gehört – da war ihm, als ob jemand flüstert.

Dann hat es aber geknistert, und er hat gemerkt, daß die Scheune brennt, lichterloh, er ist gerade noch heil ins Freie gekommen.

Als er draußen gestanden ist, frierend, ist ihm eingefallen, daß die immer noch gut mit Geld gefütterte Jacke, die er als Kopfpolster verwendet hat, drin geblieben ist, aber in dieser Situation, glaub mir, erzählt er einem anderen Sandler, mit dem er vor einer zwiebeltürmigen Kirchentür steht und auf die Klostersuppe wartet, in dieser Situation hat es mir um die Jacke weit mehr leid getan, als um die Moneten – und der Sandlerkollege glaubt ihm natürlich kein Wort.

Wie die Geschichte endet

1

Aber es wird wieder Frühling und wird wieder Sommer.

Und ehe man sichs versieht, ist der Jahrestag da.

Das heißt vorerst sein Vorabend. Eine Autobahnabfahrt westlich von Wien.

Keine Bank, aber der Baum. Ich stelle mir vor, daß es regnet.

Wäre Kuli zuerst dran, mit flotten Schritten auftretend?

Würde er den Baum eine Zeitlang betrachten, der immerhin ein Blatt trüge?

Würde er eine Weile auf und ab gehen, vom linken Rand der Welt, die wir sehen, zum rechten, und wieder umgekehrt?

Würde er hier und dort in die Ferne blicken, mit der Hand die Augen abschirmend; würde er letzten Endes, um sich die Zeit und die Angst zu vertreiben, das alte Lied vom Hund, der in die Küche kommt, anstimmen?

Nein. Ich glaube nicht. Obwohl es sicherlich schade ist um diese Passage.

Nicht Kuli würde zuerst kommen, sondern Glasl.

Glasl wäre schon da, wenn Kuli auftritt.

Er versucht, den Baum zu bewässern. Kuli beobachtet diesen Versuch eine Weile.

Na, wie gehts? sagt er schließlich.

Glasl zuckt zusammen und knöpft seine Hose zu.

Danke, schlecht, sagt er. Momentan gehts überhaupt nicht.

Beide treten zurück und wieder vor, beide legen die Köpfe schief wie bei Betrachtung eines Kunstgegenstands.

Dann gehen sie wieder aufeinander zu und umklammern sich plötzlich, wobei sie sich gegenseitig auf den Rücken schlagen.

Dann die beiden auf ihrem Weg stadteinwärts.

Durchs Wiental, das eng ist. Es regnet. Wie die vorbeifahrenden Autos sie anspritzen.

Plakate, die Sicherheit versprechen. Zerrissen, überschmiert.

In der Luft knatternde Hubschrauber. Unten Polizeiautos mit Blaulicht.

Mir ist es letzthin nicht gut gegangen, sagt Kuli. Er hat geglaubt, daß er Aids hat. Er war sich fast sicher. So gut wie sämtliche ihm bekannten Symptome hat er an sich entdeckt. Aber der Test, zu dem er sich, nach wochenlanger, panischer Angst davor, endlich doch getraut hat, der Test war negativ.

Na also, sagt Glasl. So eine Chance hat er nicht. Das Blut im Urin kann ihm keiner weginterpretieren. Aber was solls. Das hat er schon ewig lang. Bis der Komet kommt, wird er es schon noch aushalten.

Apropos Komet, sagt Kuli. In Paris hat er seinen Roman zu schreiben versucht.

Und? fragt Glasl. Ist er fertig geworden?

Natürlich nicht, sagt Kuli. Er hat zwar hunderte Seiten geschrieben –

Aber letzten Endes ist ihm vom ganzen Roman nur ein Lied übrig geblieben.

Ob Glasl es hören will?

Lieber später, sagt Glasl.

Es ist *von dir* inspiriert.

Das hat Glasl befürchtet.

Genaugenommen von dir und Jim Morrison.

Naja, sagt Glasl. Da bin ich doch in guter Gesellschaft. -

Im Fußgehertunnel zur U-Bahn ist es soweit. Da kann man das Lied, findet Glasl, auch nutzbringend anwenden. Er legt seinen Hut vor sich hin, zieht einen Kamm und ein Stück Cellophanpapier aus der Brusttasche. Sing, sagt er zu Kuli. Der Meister wird dich begleiten.

Es gibt auch andere Musiker hier – so, wie sie aussehen und klingen, natürlich lauter Ausländer. Eine alte Frau mit Kopftuch verkauft gestrickte Westen und gehäkelte Tischtücher, ein junger Mann mit Fez verkauft T-Shirts mit Starfotokopien und Plastikungeheuer. Dunkelhäutige Kolporteure verkaufen hell lachend die morgigen Zeitungen. Total unbekümmert über den Inhalt der Schlagzeilen, die sie verbreiten.

Ja, sagt Kuli, das ist wirklich der Ort, zu dem sein Lied paßt –:

Wenn der Ultimo da ist, singt er
drehen sie uns sowieso das Gas ab/
Ich sag, wenn der Ultimo da ist,
drehen sie uns sowieso das Gas ab/
Scheiß an, Karl,

kommt eh der Komet.

...

Über ihren Köpfen rauscht die U-Bahn. Weiter vorn in der Passage rattert ein Preßluftbohrer.

Der *Ur*-Blues, sagt Glasl. Etwas für Leute mit einem natürlichen Bluesfeeling...

Stimmt, sagt Kuli. Aber das war erst der A-Teil. Und daß ein anständiger Blues auch seinen B-Teil hat, das brauch ich einem wie dir doch nicht zu erzählen.

Und singt schon weiter:

Bevor ich versink,
in dem großen schwarzen Wasser/
möcht ich noch einmal
die Stimm von einem Glühwürmchen hörn/
Wenn ich dann die Stimm
von dem Glühwürmchen ghört hab,
ist mir alles egal

– aber erst dann, hörst du –

ist mir alles egal.

...

Jaja, sagt Glasl, das hat schon etwas für sich.

Aber am Schluß mußt du halt erst recht wieder auf den A-Teil zurückkommen.

Wenn der Ultimo da is – und jetzt singt *er*, der für diesen Teil zweifellos optimale Interpret –

drahns uns sowieso die Gas ab/
Scheiß an, Karl...

Das ist ein superbes Lied.

Scheck hat den Jahrestag ihres Glücks nicht vergessen. Erst unlängst, beim Essen, ist er ihm eingefallen. Da hat er aufgehört, die Suppe zu löffeln. Auf halbem Weg zwischen Teller und Mund ist sein Löffel einfach in der Luft hängengeblieben.

Was hast du? hat Peppi gefragt.

Der Wievielte ist heute, hat er geantwortet.

Das ist keine Antwort, hat sie zu Recht gefunden.

Auf diesen Einwand ist er nicht eingegangen.

Er ist so komisch in letzter Zeit, beklagt sie sich bei ihrer Freundin Mary.

Und das ist wahr. Auch heute abend beim Fernsehen. Sie sitzen wie immer gemütlich und knabbern Soletti. Er sitzt neben ihr. Er hält sogar ihre Hand. Aber Peppi hat das Gefühl, daß ihr Mann gar nicht richtig da ist.

Schatzi, liebst du mich? fragt sie.

Mhm, sagt Scheck.

Schatzi, liebst du mich wirklich?

Mhm, was denn sonst.

Schatzi, liebst du mich so wie am ersten Tag?

Mhm, will Scheck sagen. Aber er verkutzt sich. Sie schlägt ihn auf den Rücken.

Siehst du, sagt sie, du lügst.

Aber ich bitt dich, sagt er.

Dochdoch, sagt sie, du lügst. Ich spür es. Du hast eine andere.

Blödsinn, sagt Scheck. Er hat keine andere. Leider.

Letzeres *denkt* er nur. Aber sie sieht drein, als ob sie es gehört hätte.

Direkt ein Glück, wenn in solchen Momenten das Kind schreit.

Dann muß man ins Kinderzimmer, das Kind beruhigen.

Peppi nimmt es aus seinem Kinderbettchen und wiegt es.

Schuschu, macht Scheck. Es ist lieb. Angeblich sieht es ihm ähnlich.

Später sagt Scheck, er dreht jetzt noch eine Runde.

Schlüpft in den Trainingsanzug, schnürt seine Laufschuhe.

Was sein muß, muß sein. Er tut es auch Peppi zuliebe.

Gut, sagt sie. Aber laß mich nicht zu lang allein. Ich kann ohne dich nicht einschlafen.

Jaja, sagt er. Bussi, Hasi. Und ist schon im Lift.

Unten, draußen, die Nacht. Es nieselt noch immer.

Scheißwetter, denkt Scheck. Die ersten Schritte kosten ihn eine gewisse Überwindung.

Doch wenn die Füße laufen, können es auch die Gedanken.

Der Jahrestag, denkt er. Der Jahrestag unseres Glücks! Was man so Glück nennt, denkt er. Du meine Güte! Glück und was man damit anfängt. Glück und wie es, kaum daß man nicht Gescheites damit anfängt, auch schon endet. Hoffentlich, denkt er, haben Glasl und Kuli mehr mit ihrem Glück angefangen.

Hoffentlich, denkt er, geht es ihnen so gut, daß sie sich an den verfluchten Jahrestag gar nicht mehr erinnern. Denn wenn sie tatsächlich hier auftauchen – was soll er ihnen sagen? Wie kann er ihnen erklären, daß es mit ihm so weit gekommen ist? Mit ihm, der sich binnen Jahresfrist so sehr verändert hat, daß er sich manchmal kaum selbst wiedererkennt im Spiegel.

Und zwar nicht nur, weil der Bart ab ist. Und zwar nicht nur, weil er die Haare jetzt kurz trägt. Und zwar nicht nur, weil er ein paar Kilo zugenommen hat.

Wie soll er ihnen erklären, daß er entweder von seiner Peppi geliebt werden oder scheitern hat wollen, aber geschehen ist ihm beides.

Denn das Leben, das er *nicht* leben wollte, lebt er, aber er lebt es mit ihr.

Und das Leben, das er leben wollte, hätte er nur *ohne sie* leben können, aber daran wäre er wahrscheinlich gestorben.

Scheck läuft. Nach Überwindung der ersten paar hundert Meter kommt er immer ganz gut in Schwung.

In dem Bezirk, in dem Peppi und er wohnen, gibt es unter all den Neubauten und Kränen immer noch Schrebergärten, wenn man weit genug läuft, öffnet sich zwischen den letzten Siedlungshäusern sogar so etwas ähnliches wie eine Landschaft.

Zwar ist dort der Boden heute tief, und vom Sternenhimmel, der manchmal sehr weit reicht, bis er am Horizont mit den Lichtern der nach Süden führenden Straßen zusammenstößt, ist bei so einer Wetterlage nichts zu sehen.

Aber Scheck hat auf einmal das Gefühl, daß es

das beste wäre, immer weiter und weiter zu laufen und nie mehr umzudrehen.

Und trabt trotzdem wieder zurück in den Komplex, den er mit Peppi bewohnt.

Ein schöner Komplex. Ein neuer Komplex. Ein sauberer Komplex.

Einundzwanzig Stiegen, alle zum Verwechseln ähnlich, je sieben Stockwerke.

Stoppelglatziger Rasen dazwischen. Habtachtstehende Tulpen.

Er sperrt das Haustor auf und steigt in den Aufzug.

Immer wenn ich heimkomm, denkt er, treff ich mich nicht daheim an.

Das könnte die erste Zeile eines Liedes sein, aber er wird sie lieber nicht notieren.

Immer wenn ich zu Haus bin, bin ich nicht bei mir zu Haus.

Und duscht und beugt sich über das schlafende Kind.

Es kann nichts dafür, denkt er und küßt es auf die Stirn. Es riecht nach Babycreme.

Dann legt er sich leise neben Peppi ins Bett.

Aber sie schläft noch nicht. Als sie sich ihm zuwendet, merkt er: sie hat geweint. Da muß er sie streicheln.

Das schläfert sie ein. Doch *er* liegt weiterhin wach.

Nein, denkt er, er wird morgen einfach nicht hingehen.

Zur Statue der FORTUNA im Wurstelprater.

Er *kann* gar nicht hingehen. Zum vereinbarten Zeitpunkt muß er in der Bank sitzen.

Und dann schläft er *doch.*

Und träumt.

Und dann schrickt er auf.

Im verschwitzten Pyjama. Am ganzen Leib zitternd.

Und jetzt ist es Peppi, die *ihn* beruhigt, seine Frau.

Wieder derselbe Traum?

Er nickt nur.

Vergiß ihn!

Die FORTUNA hat eine Krone aus Blumen auf dem Kopf und einen starren, blauäugig in sehr unbestimmte Fernen gerichteten Blick. So starr wie sie da steht, mit ihren angewinkelten Armen und ohne Unterleib unter dem faßförmigen Rock hat sie direkt etwas Ägyptisches. Ursprünglich war sie die Achse eines der ältesten Ringelspiele im Prater. Aber dieses Ringelspiel ist im Krieg zerstört worden, und die FORTUNA, die jetzt mit ihrem Kollegen CALAFATI, dem GROSSEN CHINESER, um den sich auch einmal ein Ringelspiel gedreht hat, mitten auf einem leeren Platz steht, ist natürlich nur eine Nachbildung.

Unter dieser Fortuna Kuli und Glasl.

Es ist zwölf Uhr mittags, und das ist genau die ausgemachte Stunde.

Sie warten auf Scheck. Aber von Scheck ist vorläufig nichts zu sehen.

Glasl: Und wenn er nicht kommt?

Kuli: Nur Geduld. Der kommt schon.

Es wird aber zehn nach zwölf, es wird zwanzig nach zwölf, es wird halb eins und Scheck taucht nicht auf.

Väter führen ihre Söhne und Töchter über den Platz, italienische Jugendliche ziehen lärmend und lachend vorbei, japanische Touristen fotografieren einander mit der falschen Glücksgöttin im Hintergrund.

Aus den Buden im Hintergrund schwappen dreckige Wellen lauter Musik.

Is everybody on the floor? brüllt ein Morrison-Surrogat. Aber nein. Scheck erscheint nicht.

Es wird fünf nach halb eins, es wird dreiviertel eins, es wird zehn vor eins, von Scheck ist nach wie vor keine Spur.

Fünf vor eins sehen Kuli und Glasl einen jungen Mann mit langen blonden Haaren, der, allerdings von ihnen abgewandt, beim Imbißkiosk auf der anderen Seite des Platzes wartet.

Na bitte! sagt Kuli. Schau! Da ist er ja endlich!

Aber als sie sich dem jungen Mann nähern, und als er sich auf ihr Rufen schließlich umdreht, ist es doch ein anderer.

Kuli: So ein Arschloch!

Glasl: Das kannst du laut sagen.

So ein Arschloch! schreit Kuli. So ein Arschloch! So ein Arschloch!

Es wird ihm doch hoffentlich nichts passiert sein, sagt Glasl.

Was soll dem passiert sein? fragt Kuli. Der hat Angst, daß wir ihn anpumpen!

Meinst du? fragt Glasl.
Klar, sagt Kuli. Was sonst?
Aber er kann doch nicht wissen …
Was? Daß wir blank sind?
Kuli läßt sich auf eine Bank fallen. Daß wir blank sind, kann er sich denken. – Aber da sieht man es wieder! Wenn es um Geld geht, scheiden sich die Geister.
Glasl: Und jetzt? Was machen wir? Sollen wir uns aufhängen?
Kuli: Wär eine Möglichkeit. In den PrateraUen gibt es bestimmt ein paar dafür geeignete Bäume.
Doch Glasl hat einen erstaunlich empfindlichen Hals.
Und bevor sie sich aufhängen, möchte er wenigstens noch einen Schluck trinken.
Kuli: In Ordnung. Aber von welchem Geld?
Hast du wirklich überhaupt nichts mehr? fragt Glasl. Das kann doch nicht dein Ernst sein!
Kuli steht auf und kramt in den Hosentaschen.
Immerhin. Alles in allem findet er darin noch zehn Schilling.
Glasl: Paß auf. Die teilen wir brüderlich – Du gibst mir die Hälfte davon, die setz ich aufs Spiel.
Dort irgendwo drüben muß die Automatenhalle sein, in der er damals, nach dem Mopeddiebstahl, gewonnen hat.
Vielleicht hat er wieder Glück. In einer Viertelstunde, sagt er, ist er zurück.

So kommt es, daß Kuli, während Glasl vor einem blinkenden, piepsenden Apparat mit aus Lichtpunkten gezauberten Pokerkarten sitzt, zwischen den Buden und dem Fortunaplatz auf und ab geht. Da gibt es ein Autodrom mit einem Clown in der Mitte, dessen Nase, wenn man ihn anfährt, rot aufleuchtet und vis-à-vis einen eisenarmigen *Mr. Muscle*, flankiert von zwei schönen Plastikdamen, mit dem man, wenn man sich entsprechend in Form fühlt, seine Kräfte messen kann. Einige Schießhallen gibt es, mit Galerien ebenso riesiger wie häßlicher Plüschtiere, meistens in schweinchenrosa, auch wenn es sich um Katzen, Hunde oder Bären handelt. Und dann, um die Ecke, gegenüber der alten Go-Cart-Bahn, eine neue Erotic-Video-Show mit dem einladend blinkenden Namen STARDUST, Videokabinen mit fünfundsiebzig Programmen in Großbildprojektion und mit Stereoton zur Auswahl, aber nicht einmal drei Minuten davon kann sich Kuli um die ihm übriggebliebenen fünf Einzelschillinge leisten.

Die investiert er letzten Endes bei einer Bude, bei der man – eigentlich ein Wunder, daß sie noch steht – auf ganz simple und altväterische Weise mit Fetzenbällen auf Dosen wirft. Drei Würfe fünf Schilling. Kuli trifft immerhin sieben von zehn Dosen. Die kleine Türkin, um derentwillen er sich die sonst überflüssige Geschicklichkeitsübung eigentlich angetan hat, gibt ihm eine Spritzpistole. Und dazu schenkt sie ihm ein Lächeln. Aber schon kommt aus dem Hintergrund ihr großer Bruder.

Kuli steckt die Spritzpistole, die eigentlich ganz echt aussieht, ein und schlendert weiter.

Die Viertelstunde muß schon vorbei sein. Wo bleibt eigentlich Glasl?

Er kommt an einer Bude vorbei, an deren geschlossenen Läden eine wahrsagende Zigeunerin gemalt ist. In ihre Kristallkugel hat jemand, der anscheinend eine konkrete Vorstellung von der Zukunft hat, ein Hakenkreuz gezeichnet.

Dann steht er noch eine Weile vorm Lachkabinett. In den links und rechts vom Eingang hängenden Musterspiegeln sieht er sich entweder lang und dünn oder klein und breit. Er findet beides nicht so besonders komisch. Aber von oben, aus der ersten Etage, schaut ein Kasperl auf ihn herab, der krümmt sich vor Lachen.

Endlich kehrt Glasl zurück. Er hat eine glückliche Hand gehabt, in der schwenkt er jetzt hundert Schilling.

Na, was sagst du zu mir?

Nicht schlecht, sagt Kuli.

Am besten, sagt Glasl, wir setzen uns gleich da vorn in den Gasthausgarten. Solang noch die Sonne scheint. Er spürt ein Gewitter in den Füßen.

Dann trinken sie je ein Krügel und je einen Schnaps. Und dann noch zwei Seidel und einen Schnaps miteinander. Damit ist der Hunderter aber auch schon vertan. Die reinsten Wucherpreise, sagt Glasl, er kann sich noch an Zeiten erinnern, da hat ein Krügel sechs Schilling gekostet.

Drüben, auf dem Dach der Geisterbahn ZUM ROTEN ADLER, sitzt ein riesiger Teufel. Der hat Widderhörner auf dem Kopf und einen enormen

Unterbiß mit Wolfszähnen. In der rechten Hand hält er einen gewaltigen Morgenstern, seine linke Hand ist eine Vogelklaue. Bedrohlich bewegt er die Arme und malmt mit dem Unterkiefer.

Glasl: Und? Was machen wir jetzt? Hängen wir uns wirklich auf?

Kuli: Nein. (Er hat einen roten Kopf vom schnellen Trinken.)

Sondern? fragt Glasl. Was sonst? Hast du einen besseren Vorschlag?

Ja, sagt Kuli. Was hältst du davon, wenn wir den großen Coup landen?

Glasl: Hör auf, du! Mach keinen schlechten Witz!

Kuli: Ich mach keinen Witz. Das ist mein voller Ernst.

Das ist dein Ernst? sagt Glasl. Na schön. Du kannst ja machen, was du willst. – Aber *ich* mach nicht mit. Für mich ist dieses Programm ein für allemal gelaufen.

Aber warum? fragt Kuli.

Weils immer schiefgeht!

Ach was! Wer sagt das? Gar nichts geht immer schief! – Bei *dir* ist es bisher halt immer schiefgegangen. – Aber weißt du, woher das kommt? Weil du immer viel zu viel geplant hast!

Planung ist Scheiße! sagt Kuli, der Philosoph. So etwas, sagt er, muß man ganz einfach spontan machen! Es fällt einem ein, und man tut es: Gedacht, getan!

Und was zum Beispiel? fragt Glasl.

Na, wie wärs mit einem Bankraub?

Das kostet Glasl einen bitteren Lacher.

Da bin ich aber wirklich neugierig, sagt er, wie du dir das vorstellst.

Ganz einfach, sagt Kuli. Wir gehen in die nächste Bank…

Jetzt red keinen Blödsinn, sagt Glasl. So ganz ohne Waffe.

Was heißt, ohne Waffe? sagt Kuli und legt die Pistole auf den Tisch.

Spinnst du? sagt Glasl. Sofort steck die Krache wieder ein.

Kuli lächelt und läßt sie wieder verschwinden.

Und? sagt er. Was meinst du?

Na komm schon! Spaß muß sein!

Und Scheck hinter dem Bankschalter. Gerade haben sie wieder aufgesperrt nach der Mittagspause.

Noch anderhalb Stunden, denkt er. Dann ist wieder ein Tag überstanden.

Heute ist Dienstag. Also noch drei Tage diese Woche.

Dienstag, der 16. Also noch zwei Wochen diesen Monat.

Dienstag, der 16. Juni. Also noch ein knapper Monat bis zum Urlaub.

Und – wenn er sich vorher keine den Amtsarzt überzeugende Krankheit zuzieht – noch fünfunddreißigeinhalb Jahre bis zur Pension.

Wenn alles gut geht. Wenn vorher kein Unglück geschieht.

Aber kaum hat er das gedacht, geht die Tür auf und herein treten die Bankräuber.

Man erkennt sie sofort daran, daß sie vermummt sind.

Der eine hat ein Halstuch über den unteren Teil seines Gesichts gebunden und wirkt, da es schwarz ist, damit ein bißchen wie Zorro.

Der andere tarnt sich mit einem Taschentuch.

Seit es das letzte Mal gewaschen worden ist, muß dieses Taschentuch viel erlebt haben.

Na schön. Da sind sie also. Sie kommen bestimmt zu mir, denkt Scheck.

Es ist genauso, wie er es x-mal geträumt hat.

Warum, denkt Scheck, kommen sie ausgerechnet zu mir, warum gehen sie nicht zu Saldo?

Saldos Kassa ist näher beim Ein- & Ausgang; wäre *Scheck* ein Bankräuber, so würde er sich, schon der Kürze des Fluchtweges halber, an Saldo halten.

Aber nein. Sie kommen zu ihm. Natürlich.

Erster Bankräuber: Das ist ein Überfall! (Selbstverständlich ist er bewaffnet.)

Ja, sagt Scheck. Das habe ich mir gedacht.

Erster Bankräuber: Kommentar überflüssig!

Zweiter Bankräuber: Her mit den Moneten!

Und? Was nun? – Sie erkennen Scheck wirklich nicht.

Wie ein Jahr und ein Ja ein Gesicht verändern.

Aber er? Er würde sie doch erkennen?!

Diese Stimmen kämen ihm doch bekannt vor?!

Und die Augen der beiden über den Tüchern.

Sarkastische Augen. Melancholische Augen.

Also Schluß mit der Maskerade! würde er sagen.

Noch hat euch kaum wer bemerkt. Noch können wir sagen, daß es ein Scherz war.

Weg mit den Fetzen! Kommt schon! Laßt euch umarmen!

Es geht euch dreckig. Ich seh es. Mir geht es ja auch dreckig.

Kein Grund zur Aufregung, Herr Filialleiter, die beiden sind alte Freunde.

Ein etwas gewagter Scherz, zugegeben. Aber nun erweist sich ja alles als harmlos ...

Oder – eine andere Möglichkeit – Scheck würde einfach vom Bankschalter aufstehen.

Ja, Freunde, würde er sagen, ich habe verstanden.

Und würde Saldo und dem Filialleiter kurz zunicken.

Auf Wiedersehen, würde er sagen. Oder besser: Auf Nicht mehr Wiedersehen. Sie brauchen morgen nicht auf mich zu warten.

Und würde Glasl & Kuli links und rechts um die Schulter nehmen.

Und in einem unternehmungslustigen Schritt würden sie hinaus auf die Straße tanzen.

Hallo Welt, hallo Welt, würden sie singen, *heut reißen wir dir einen Haxen aus.*

Hallo Welt, hallo Welt, würden sie singen, *heut hauen wir dir ein Loch.*

Nichts davon. Scheck sitzt da wie narkotisiert.

Zwar kommen ihm die Stimmen der beiden bekannt vor, aber sie sind sehr weit weg.

Es ist, als ob er Watte in den Ohren hätte. Es ist, als ob er Watte im ganzen Kopf hätte.

Alles ist sehr weit weg, sehr leise und geht unheimlich langsam.

Na, was ist, sagt der erste Bankräuber, schläfst du?

Wirds jetzt bald? fragt der zweite. Reib her die Millionen!

Sofort, sagt Scheck, auch seine eigene Stimme klingt, als käme sie aus einem anderen Raum.

Der das erlebt, ist nicht er. Der, dem das passiert, ist ein anderer.

Auch seine Hand fühlt sich an, als gehörte sie nicht zu ihm.

Diese Hand (ist es die rechte oder die linke?) tastet nach der Alarmanlage.

Natürlich bemerkt das der erste Bankräuber: Laß das gefälligst!

Und droht mit dem Pistolenlauf. Ich zähl jetzt bis drei, sagt er. Dann schieß ich!

Und nun? Was ist los? Erkennt Glasl in diesem Moment Scheck an seiner Todesangst?

Oder wird ihm nur plötzlich das Strafausmaß bewußt, das sie sich mit einem erschossenen Bankangestellten einbrocken?

Kommt eh der Komet? Ja, schon. Und er wollte, er wär schon da.

Aber hundertprozentig kann man sich nicht einmal auf die Leberzirrhose verlassen.

Bist du total übergeschnappt? raunt er jedenfalls. Das kannst du doch nicht machen!

Und fällt Kuli von hinten in den Arm. Und versucht, ihm die Pistole zu entwinden.

Ein richtiges Handgemenge entsteht. Gleich wird sich ein Schuß lösen.

So sieht es zumindest Scheck, vor dem es sich abspielt.

Wo ist eigentlich Saldo? denkt er. Und wo sind die andern Kollegen?

Sonst ist der Filialleiter wegen jeder Kleinigkeit aufgetaucht...

Und jetzt? Wo bleibt er? Scheck fühlt sich isoliert wie ein Astronaut in einer Raumkapsel.

Wenn es darauf ankommt, ist man auf sich allein angewiesen.

Auf einmal hat Scheck die Hand in der rechten Rocktasche.

Da steckt der Revolver, den er gekauft hat, klein und massiv.

Keine Gaspistole, nein, sondern eine richtige kleine Handfeuerwaffe.

Wenn schon, denn schon, hat der freundliche Herr in der Waffenhandlung gesagt, wenn es Ihnen mit der Selbstverteidigung ernst ist, dann nehmen sie was Solides.

Klein und massiv und kalt. Eigentlich trägt Scheck den Revolver ja nur Peppi zuliebe.

Am Anfang hat er ihn nie einstecken wollen – den werd ich doch ohnehin nie benutzen, hat er gesagt.

Er kann doch keiner Fliege etwas zuleid tun.

Aber am Ende kommt alles anders, als man gedacht hat.

Scheck entsichert. Die Bankräuber raufen noch immer.

Dieses Gefuchtel mit der Pistole ist ja gefährlich!

Gemeingefährlich! Scheck handelt also in Notwehr.

Scheck zieht. Scheck zielt nicht. Vielleicht hat er in dieser Sekunde sogar die Augen geschlossen.

Zwei Schüsse knallen. Sehr weit entfernt. Ganz woanders.

Die Bankräuber fallen ganz einfach um, erstaunlich.

Der erste drückt noch den Abzug seiner Pistole.

Da spritzt ein aberwitziger Strahl aus der Mündung.

Dann liegen die beiden endgültig auf dem Boden.

Wie man sich über sie beugt, wie man sie anstarrt.

Kuli sagt nichts mehr. Glasl will noch was sagen.

Es kommt nur sehr leise. Mit Blut. Keine Chance, sagt er.